Bubulle et Bourriquette : deux erreurs de casting.

Les enquêtes du Capitaine Blondin (7)

SOMMAIRE

Bubulle.

Le Capitaine Blondin était revenu en service après sa suspension administrative de six mois et avait redoré son blason en résolvant brillamment et au péril de sa vie une enquête compliquée de meurtre sur fond d'escroquerie immobilière. [1] Blessé en service au cours de cette affaire, il avait été décoré de la médaille des actes de bravoure et de dévouement échelon bronze, ce qui était plutôt rare pour un fonctionnaire récemment sanctionné. Mais son jeune Commissaire, assez honnête et suffisamment intelligent pour savoir encourager ses troupes, avait usé de sa petite influence pour obtenir cette distinction pour son subordonné, qu'il appréciait personnellement beaucoup.

Tout semblait donc sourire pour Lucas Blondin au sein du Commissariat de Moulins, quand le Commandant Juliette Bouchet, Chef des unités en tenue sous le titre de Chef de l'Unité de Voie Publique, qui était à la fois une vraie femme avec tout ce que ça comporte et un vrai chef avec tout ce que ça implique, très appréciée de ses troupes pour sa gentillesse, sa grande expérience, son sens de la Justice et ses qualités humaines, décida de faire valoir ses droits à la retraite.

---

[1]-Voir « Meurtre aux impôts » et « Meurtre à l'hôtel » du même auteur.

Cet Officier féminin avait mûrement réfléchi avant de prendre cette décision, qui surprenait tout le monde, étant donné que Juliette Bouchet n'avait pas encore atteint l'âge idéal pour prétendre à une retraite complète. Au contraire, elle allait partir avec un malus de presque dix pour cent, c'était donc une retraite anticipée de plusieurs années et il y avait à cela plusieurs raisons.

Officiellement Juliette se sentait fatiguée et vieillissante et plusieurs petits pépins de santé lui avaient fait prendre conscience que le beau temps de la jeunesse était bel et bien révolu, elle voulait donc partir en retraite avant que sa santé ne décline vraiment, histoire d'en profiter un peu, car elle avait toujours rêvé de voyager. Son mari était plus âgé qu'elle et venait lui aussi de demander sa retraite, si bien qu'aucun obstacle ne les empêcherait plus de partir visiter le monde aussitôt qu'elle aurait quitté définitivement le service public. La menace grandissante d'une nouvelle réforme des retraites qui rognerait encore un peu les pensions planait également sur toutes les têtes et quitte à partir avec une petite retraite, autant que ce soit plus tôt.

Mais la principale et vraie raison de sa décision était la grande lassitude qu'elle ressentait par rapport aux directives nationales stupides, aux revirements et aux séries d'ordres et de contrordres, au management inadapté des hautes sphères qui donnaient vraiment l'impression d'être complètement déconnectées du monde réel. Cette situation n'était pas vraiment nouvelle et s'était installée depuis plusieurs années, mais depuis quelque temps s'était ajouté à ces désagréments le mensonge. Non pas le mensonge des élites, qui était habituel et traditionnel, mais le mensonge imposé aux échelons inférieurs. Il fallait désormais non seulement avaler des couleuvres, mais il fallait aussi prétendre aimer ça et surtout déclarer partout que c'étaient de délicieux spaghettis. Juliette n'y tenait plus. Elle avait commencé Inspectrice de Police, avec la volonté et l'espoir de combattre la délinquance, d'arrêter les méchants et de défendre les victimes.

Sa vision manichéenne de la société ne dura que le temps nécessaire aux premières décisions judiciaires absurdes pour mettre sa naïveté en pièces. Puis les magouilles et copinages entre commissaires et magistrats, frères de loge et prêts à toutes les bassesses et compromissions pour faire carrière, la rendirent amère et désabusée. Les nombreux abus du « deux poids deux mesures » avaient grandis en nombre et en qualité, désormais elle considérait que la Police Nationale était devenue, partiellement au moins, politique, en tous cas dans sa gestion du maintien de l'ordre. Certains fauteurs de troubles aux casiers judiciaires longs comme des jours sans pain étaient traités avec indulgence, alors que d'innocents travailleurs voulant protester dans le calme et la dignité, étaient traités pis que pendre.

Elle ne supportait plus cette situation et pensait être maintenant devenue un outil au service du côté obscur, elle ne croyait plus être au service du peuple, mais au service des puissants pour maîtriser le peuple et cette constatation lui enlevait tout plaisir à accomplir son travail, elle qui était passée du côté des unités en tenue et du commandement lors de la réforme de 1995 qui avait amené la disparition des Inspecteurs de Police, corps fusionné avec celui des Officiers de Paix pour créer le corps des Officiers de Police, plus malléable que celui des Inspecteurs et plus à même de laisser tous les pouvoirs aux mains des Commissaires, dont la servilité envers le pouvoir était proverbiale et n'était dépassée que par celle de certains Officiers de Gendarmerie.

Bref, Juliette ne croyait plus à son travail, elle pensait même que dans certains cas l'action de la police pouvait être maléfique et cela la chagrinait plus qu'elle ne le montrait en public. Fatiguée de se ronger les sangs et d'essayer d'amortir les effets néfastes des directives venues d'en haut, elle avait donc décidé de jeter l'éponge et de laisser les plus jeunes se débrouiller avec cette grande maison qui n'était plus du tout celle dans laquelle elle était entrée avec fierté, trente trois ans plus tôt.

Ces dernières années, avec le prédécesseur du Commissaire actuel, qui était un pur produit de la caste dominante dans la Police Nationale, elle avait subi une série d'humiliations et d'avanies qui auraient mené beaucoup de femmes moins fortes qu'elle au bord du suicide. Mais elle avait tenu le coup, essayant de protéger autant que faire se pouvait les troupes placées sous ses ordres. Elle avait ainsi joué un rôle de paratonnerre, plutôt efficace en vérité, mais du coup elle avait encaissé la plupart des éclairs lancés contre ses subordonnés et à la fin le Commissaire avait pris l'habitude d'aller au plus court en la sanctionnant elle, sans attendre de savoir qui avait réellement commis une erreur. Il répétait souvent qu'un vrai chef doit savoir encaisser les coups à la place de ses collaborateurs pour mieux les protéger, mais oubliait de s'appliquer à lui-même cette règle bien sûr.

Quand le coup le plus sévère visa le Capitaine Blondin, au lieu de le protéger et de le défendre, au moins un peu, le Commissaire s'écarta complètement de la route des éclairs, montrant une fois de plus qu'il était un fidèle adepte du « Faites ce que je dis et ne faites pas ce que je fais !». Pire, non content d'abandonner en rase campagne son collaborateur face à la vindicte des gendarmes, le Commissaire, justifiant largement le jeu de mot courant « Commissaire à rien », dérivé de la période de l'occupation où n'avaient pu rester en fonction que les « Commissaires aryens »
pour complaire à l'occupant teuton, avait hurlé avec les loups, exigé des sanctions envers son subordonné, qu'il savait pourtant innocent, mais « Que voulez-vous ma pauvre dame, si le monde était juste ça se saurait n'est-ce-pas ? ».

Juliette avait tenté de défendre son cadet, pesant de tout son poids administratif, malheureusement beaucoup plus faible que son poids réel, pour sortir Blondin de ce mauvais pas. Elle avait rédigé un rapport administratif expliquant qu'elle ne croyait pas en la culpabilité de son collègue et en expliquant qu'à sa place, nul doute qu'elle aurait agi de la même manière et peut-être même moins bien. Elle avait tenté d'entraîner dans ce mouvement de défense du Chef de la Sûreté Urbaine d'autres collègues Officiers, dont son adjoint, un Capitaine sans envergure ni courage qui ne pensait qu'à repartir en mutation dans sa contrée natale, la cité phocéenne. Ce vrai marseillais devait y parvenir quelques mois plus tard, pendant la suspension administrative de Blondin.

Le Commandant adjoint du Commissaire ne voulait surtout pas fâcher son chef direct, avec qui il avait un arrangement des plus profitables aux deux parties, à base d'abus d'usage de véhicule administratif, de remboursements généreux de stages partiellement effectués, d'astreintes peu fréquentes, de congés exceptionnels généreusement accordés au moindre prétexte et d'autres avantages moins avouables.

Quant aux Officiers des Renseignements Territoriaux, fidèles à leur devise, ils restaient bien cachés et n'auraient voulu pour rien au monde attirer l'attention de la hiérarchie sur eux, c'était beaucoup trop dangereux, car quand on attire l'attention, tôt ou tard la question se pose de la nature et de la quantité du travail qu'on fournit. « Pour vivre heureux vivons caché » était devenu la devise de ces hommes et femmes de l'ombre, fins connaisseurs des arcanes policières et administratives et qui avaient deviné dès le début de l'affaire que la cause du Capitaine Blondin était perdue. Le défendre, même si on pouvait objectivement soupçonner son innocence, c'était se ranger dans le camp des perdants, se rendre soi-même un peu suspect, en tous cas peu fiable et dans le renseignement la crédibilité est la valeur la plus haute, alors on ne va pas risquer de la perdre par simple solidarité avec un collègue.

La plupart des collègues gradés et gardiens de la paix avaient soutenus Blondin, connu comme un Officier travailleur, droit et juste, ce qui en faisait un phénomène assez rare depuis la réforme de 1995, mais leur opinion n'avait pas beaucoup d'importance et le seul poids qu'elle aurait pu avoir aurait consisté en une intervention de leurs syndicats, malheureusement trop enfoncés dans une politique anti-Officiers pour songer un instant à défendre un cadre, fût-il apprécié des troupes.

Juliette était donc la seule fonctionnaire qui avait tenté quelque chose pour aider Blondin à sortir du bourbier dans lequel il s'était enfoncé et le Capitaine lui en vouait une éternelle reconnaissance. Il est vrai qu'une autre fonctionnaire, une technicienne de l'Identité Judiciaire, Odile, folle amoureuse de Blondin sans avoir jamais osé lui avouer ses sentiments[2], avait aussi soutenu mordicus la thèse de l'innocence de son prince charmant, mais sa voix était restée inaudible dans l'étourdissant silence de la majorité.

Aussitôt Blondin condamné et suspendu, le Commissaire avait attaqué sans relâche Juliette, pour la punir de son soutien actif à son collègue, aidé par son adjoint, assez lâche ou corrompu pour suivre le mouvement, acceptant de prendre le risque de faire déprimer sa collègue du même grade et de la pousser aux dernières extrémités. Heureusement Juliette avait tenu le coup, faisant preuve d'une résilience hors du commun, malgré les brimades continuelles et les humiliations répétées. Puis le Commissaire était parti et

---

[2]-Voir « Un sourire d'un jour » du même auteur, éditions Angelfall.

le Commandant adjoint, bien occupé par son travail d'intérim et qui avait perdu toute motivation et en fait tout motif d'en vouloir à Juliette, avait relâché la pression, faisant même parfois montre d'une infime mais réelle parcelle d'humanité.

Un nouveau Commissaire était ensuite arrivé et le Commandant adjoint fut récompensé de ses efforts méritoires pour accéder au corps supérieur par une nomination à l'école de Commissaire de Saint Cyr au Mont d'Or, son nirvana à lui, ce qui prouve que le travail et les efforts peuvent parfois payer, même dans l'administration. Juliette était appréciée du nouveau Commissaire, sentiment réciproque et les deux derniers mois de la suspension de Blondin furent plutôt agréables pour elle, même si l'absence de son adjoint, enfin muté à Marseille, lui laissait beaucoup de travail. Mais le temps faisait son œuvre d'usure et son mari ayant accédé au statut envié de retraité, elle avait décidé de le rejoindre pour profiter à deux du temps qu'il leur restait alors qu'ils étaient encore tous les deux à peu près en bonne santé.

Du coup, les postes des deux Officiers commandants l'Unité de Voie Publique devenaient vacants et si Juliette n'allait pas être remplacée tout de suite, il était sûr que l'administration allait nommer un Capitaine sur le poste d'adjoint du chef des unités en tenue. La pénurie d'Officier amenait mécaniquement une hausse du travail pour ceux qui restaient, même si une partie de ce travail pouvait sans crainte être confiée aux Brigadier-Majors, dont certains étaient parfois aussi compétents qu'un Officier, pour ne pas dire plus dans quelques cas.

La demande de retraite de Juliette Bouchet ne prenait effet que six mois plus tard, mais avec le jeu des congés en cours, plus les heures supplémentaires que la Commandante avait accumulées, elle ne devait plus venir travailler que quelques semaines. Son absence ne pourrait cependant pas être compensée avant son départ officiel, soit six mois plus tard et encore faudrait-il attendre le mouvement général de mutation, qui avait lieu deux fois par an et espérer que le poste serait pourvu, ce qui n'était pas toujours le cas dans le Bourbonnais, région enclavée qui n'attirait pas beaucoup les cadres.

La contrée était pourtant agréable, mais les commissariats étaient petits, sans grande perspective de mutation interne ou d'avancement local et la plupart des Officiers préféraient les gros services ou les régions à population policière dense, qui offraient de meilleures possibilités de changement d'affectation sans déménagement familial. Quant au travail en lui-même, il n'était pas moins dense dans une petite ville comme Moulins que dans un grand centre, car s'il y avait plus de travail, il y avait aussi plus d'effectifs. Il était même plus confortable de travailler dans un grand centre où chaque absence pouvait être compensée par de nombreux collègues, alors que dans les petites circonscriptions de police il est fréquent qu'une fonction précise ne soit remplie que par une seule personne, qui est souvent dérangée sous prétexte qu'elle est la seule à savoir effectuer sa tâche.

Blondin regrettait à titre personnel le départ en retraite de Juliette, puisqu'il appréciait cette collègue gentille et honnête, droite et travailleuse, d'une compétence étendue grâce à sa longue expérience et toujours prête à rendre service. Mais il savait aussi que certaines tâches dévolues à la Commandante allaient forcément devoir lui revenir, puisqu'il n'y avait plus d'autre Officier disponible. Encore avait-il la chance de bénéficier d'un Commissaire plus compréhensif et serviable que la moyenne, ce qui n'était pas très difficile il faut dire. Ainsi le Chef de service prendrait-il certainement sa part du travail supplémentaire causé par la défection de Juliette Bouchet et c'était appréciable.

La Commandante se rendait souvent en réunion, que ce soit à la Mairie, au Conseil Départemental ou à la Préfecture et Blondin, qui détestait ces rassemblements officiels, allait certainement devoir en assurer quelques-uns. On y retrouvait toujours les mêmes personnes, spécialistes de la réunion, dont c'était la principale fonction. Quand un sujet aurait pu être réglé par téléphone ou en petit comité, il fallait absolument réunir le maximum de participants, ce qui donnait de l'importance à l'organisateur et au sujet dont il était chargé. La plupart des présents n'étaient là justement que pour cette fonction, faire acte de présence, éventuellement rendre compte à leur administration ou organisme, mais rarement pour apporter une participation utile et même quand c'était le cas, un échange de courrier électronique aurait avantageusement remplacé la présence physique, mais c'était la tradition et Blondin se surprenait parfois à souhaiter une pandémie mondiale de grippe qui aurait contraint tous ces inutiles à espacer leurs réunions pour éviter la contagion.

Il enrageait d'avance de devoir ronger son frein dans une salle climatisée alors qu'une pile de dossiers véritablement importants, puisqu'ils concernaient des victimes de chair et de sang, attendrait sur son bureau. Il se connaissait et savait qu'il resterait plus tard au service pour éponger la masse de travail supplémentaire. Cette perspective assombrissait son humeur et lui faisait encore plus regretter le départ de Juliette, mais il ne pouvait pas lui en vouloir et dans le fond il savait très bien qu'elle avait raison de quitter cette institution dans laquelle elle ne se reconnaissait plus. Il avait failli lui-même démissionner à l'occasion de sa suspension administrative, révolté par l'injustice flagrante que son administration lui avait laissé subir. Il en avait les moyens depuis qu'il avait récupéré plusieurs millions d'euros de provenance frauduleuse.[3] Mais il aimait trop son travail pour le quitter prématurément et avait décidé de reprendre à l'issue de sa suspension.

Quelques jours après avoir appris que Juliette Bouchet allait quitter la vie active, Le Commissaire réunit l'ensemble de ses Officiers, c'est-à-dire la future retraitée et le Capitaine Blondin et leur annonça la bonne nouvelle : «

—La Direction Centrale a du être émue par ma situation. En effet, le départ de l'adjoint de la Commandante, le départ de mon propre adjoint, puis maintenant le départ imminent en retraite de madame

---

[3]-Voir « Meurtres à la maison de retraite » du même auteur.

Bouchet, ne laisse que le Capitaine Blondin en poste comme Officier sur la Circonscription. Je sais maintenant que je peux compter sur lui, mais sa spécialité reste le judiciaire et pas la voie publique, si bien que je me suis plaint de cette difficulté. Et pour une fois, miracle, la Direction Centrale de la Sécurité Publique a réagi rapidement : un jeune Capitaine est affecté en urgence au Commissariat de Moulins, sur le poste d'adjoint au Chef de l'Unité de Voie Publique, c'est-à-dire adjoint de la Commandante. Je compte sur vous pour le former à ce métier, Commandante, vous avez deux ou trois semaines devant vous pour le prendre en main et lui montrer votre travail.

—Attendez Monsieur, je ne comprends pas tout. D'abord comment est-ce possible ? Il n'y a pas eu de télégramme de mutation, le poste n'est pas encore censé être ouvert.

—J'ai demandé à ce qu'il soit ouvert en urgence et pour une fois la Direction Centrale a obtempéré , ils avaient un candidat sous la main et hop ! Il arrive demain.

—Mais comment c'est possible, ce n'est pas une mutation normale.

—Hum ! Non en effet, c'est une mutation disciplinaire cachée en fait. Ce Capitaine a eu le choix entre accepter cet article 25 ou bien passer au tapis vert.[4]

—L'article 25 du Règlement Général de la Police Nationale, c'est bien celui qui autorise une mutation dérogatoire en urgence pour le bien du service ?

—Oui c'est ça. On utilise cet article quand on veut déplacer un fonctionnaire sans passer par le conseil de discipline, mais il faut l'accord du fonctionnaire en question.

---

[4]-Le tapis vert est le surnom du conseil de discipline dans la police.

—Oh la la ! Ce qui veut dire que ce Capitaine qui va arriver est un cas particulier, au minimum !

—Il était affecté au Renseignement Territorial en Normandie, à Rouen. Il n'a jamais travaillé ailleurs que dans le renseignement, il a dix ans d'ancienneté, comme vous Blondin. Il s'appelle Michel Dilpares et il va falloir le former à son nouveau métier.

—Bon, je suppose que c'est mieux que rien !

—Exactement Commandante, c'est accepter le Capitaine Dilpares ou bien attendre six mois le prochain mouvement de mutation et d'ici là vous serez partie en retraite.

—Je le formerai du mieux que je pourrai.

—Je n'en doute pas Commandante ! »

Tout le monde au Commissariat attendait avec impatience l'arrivée du nouveau Capitaine, qui se présenta le lundi suivant à l'accueil. En fait un individu à l'allure fatiguée, casquette de base-ball vissée sur le crâne, en jeans et baskets défraîchis, demanda à voir le Commissaire sans préciser l'objet de sa requête. L'homme paraissait assez jeune, entre vingt-cinq et trente ans, mal rasé, un tatouage tribal dépassait du col de son tee-shirt et réapparaissait sur le bras jusqu'au coude, une belle boucle d'oreille ornée d'un brillant parait son oreille gauche. Le tee-shirt portait une sérigraphie représentant le visage de Bob Marley fumant une cigarette artisanale conique qui, dans la scène d'origine ayant servi de modèle à la photographie, ne devait pas contenir beaucoup de tabac.

Même s'il est communément admis que l'habit ne fait pas le moine, les jeunes gens vêtus de cette manière sont rarement directeurs d'hôpital, fondés de pouvoir d'une grande banque ou Officiers de Police. L'agent d'accueil pensa donc qu'il était de son devoir de faire préciser au visiteur le motif de sa demande et il lui fut répondu assez sèchement que cela ne le regardait pas. La conséquence de cet échange verbal fut que l'agent d'accueil avertit le secrétariat de circonscription qu'il avait devant lui un visiteur inconnu qui voulait rencontrer le Commissaire, mais sans vouloir dire pourquoi. Il invita ensuite le visiteur à patienter et lui désigna un des sièges obligeamment mis à disposition du public dans le hall d'accueil.

La secrétaire avait remarqué sur son poste téléphonique que le voyant indiquant que le Commissaire était déjà en ligne était allumé, elle attendit donc qu'il ait terminé sa conversation téléphonique. Après cinq minutes, le voyant s'était éteint, mais le Commissaire sortit en trombe de son bureau, visiblement pressé. La secrétaire voulut l'avertir qu'il avait une demande d'entrevue, mais il lui fit signe de la main que cela devait attendre. En fait le Commissaire ne précisa pas sa destination, mais il avait une furieuse envie d'uriner. Ce besoin naturel le démangeait depuis plusieurs minutes, mais il avait voulu terminer la rédaction d'un message électronique avant de se rendre aux toilettes. Il venait de terminer son courrier quand son téléphone avait sonné et il avait répondu. C'était le Préfet et il ne pouvait pas écourter la conversation, il endura donc patiemment son envie de plus en plus pressante. Inutile de dire que dès que le représentant de l'Etat pour le département avait raccroché, le Commissaire avait foncé dans le couloir menant aux toilettes !

En sortant du seul lieu où même l'Empereur Napoléon allait à pied, un importun lui adressa la parole dans le couloir et commença à le raser avec un sujet dont seul son interlocuteur mesurait l'importance. Pour se débarrasser du raseur, le Commissaire se rendit plus loin et entama une autre conversation au sujet des nouvelles formes de verbalisations. Le sujet des amendes forfaitaires délictuelles, s'il n'était pas primordial pour l'avenir global de la Police Nationale ni même pour celui du Commissariat de Police de Moulins, était néanmoins complexe et porteur de nombreuses interrogations, en particulier pour le futur, car tout laissait penser que ce type de dispositif allait se développer. En effet, au lieu de rédiger une procédure complexe pour un délit simple, comme le défaut de permis de conduire, on pouvait maintenant procéder par amende forfaitaire, comme pour une contravention. Mine de rien, cela simplifiait la tâche des agents verbaliseurs, mais cela amenait différentes questions qui n'étaient pas encore toutes résolues ou du moins pas parfaitement éclaircies.

Le sujet était donc susceptible d'alimenter une conversation longue et comme le Commissaire voulait se débarrasser du premier interlocuteur, il relança plusieurs fois l'échange, ce qui lui permit de parvenir à son but : le gêneur finit par se lasser et partir vaquer à ses occupations. Un bon quart d'heure s'était écoulé et le Commissaire rentra dans son bureau, passant devant la secrétaire, qui avait entre temps oublié le visiteur patientant à l'accueil.

Ledit visiteur, une heure plus tard, ayant demandé plusieurs fois où en était son entretien avec le Commissaire, avait fini par s'endormir sur son fauteuil, ronflant franchement au milieu de l'accueil, un filet de bave commençant à s'écouler involontairement sur son tee-shirt. La Commandante Juliette Bouchet, qui passait par là, vit cet individu mal fagoté, qui bavait en ronflant dans l'accueil de son Commissariat. Elle alla voir le Chef de Poste et lui demanda qui était ce clochard, mais le Brigadier ne sut pas quoi lui répondre et la renvoya vers l'agent d'accueil. Juliette questionna ce dernier, qui lui répondit que le visiteur n'ayant pas précisé le motif de sa demande de rendez-vous, il risquait d'attendre jusqu'à la Saint Glin-Glin, qui est, comme chacun sait, juste après les calendes grecques.

Juliette n'aimait pas que les gens attendent pour rien et elle avait déduit des propos de l'agent d'accueil que ce pauvre type ne serait pas reçu par le Commissaire, elle décida de faire une bonne action et alla secouer le patient qui reniflait en faisant des bulles avec sa bave, parfaite image du demeuré, elle le prit donc en pitié et décida de lui parler gentiment : «

—Bonjour Monsieur, réveillez vous, c'est l'heure de vous en aller, nous allons fermer vous savez !
—Hein, quoi ! Euh bonjour madame.
—Bonjour, bonjour ! Vous allez maintenant rentrer chez vous comme un gentil garçon, n'est-ce pas ?
—Euh...Vous êtes sûre Commandant ?

—Oui, oui ! Vous allez rentrer chez vous, le Commissaire ne peut pas vous recevoir aujourd'hui, revenez demain, d'accord ?

—Euh oui, d'accord ! Je peux m'en aller alors ?

—Oui, rentrez chez vous faire un gros dodo, vous avez l'air d'en avoir besoin.

—C'est que j'ai fait de la route. Vous êtes sûre, j'ai ma journée ?

—Oui c'est ça, prenez votre journée, vous reviendrez plus tard, ce sera mieux, là nous n'avons pas le temps de nous occuper de vous.

—Ah bon ? Vous êtes sûre ? Et bien je trouve ça plutôt cool à vrai dire, c'est même gentil.

—Eh oui, on est comme ça ici, on est les gentils ! Allez, au revoir !

—Au revoir Commandante ! »

Juliette regarda ce pauvre type partir et se dit que ce mec-là, même s'il n'avait pas un air très éveillé, au moins il connaissait les grades dans la police, ce qui était déjà un état de connaissance largement supérieur à la clientèle habituelle des halls d'accueil des Commissariats. Cinq minutes après, elle ne pensait déjà plus à ce semi-clochard qu'elle avait viré du hall en douceur. En revanche, elle pesta une heure plus tard contre le Capitaine nouvellement muté et qui aurait du être là, quelle honte d'être en retard son premier jour ! A la fin de la matinée, elle se décida à l'appeler sur son téléphone portable personnel, dont elle avait pu obtenir le numéro auprès de son ancien service : «

—Allo ? Capitaine Dilpares ? Ici la Commandante Bouchet ! On vous attend mon vieux, vous deviez vous présenter au service ce matin, qu'est-ce qui s'est passé ?
—Mais c'est vous qui m'avez dit de rentrer chez moi, que j'avais ma journée pour me reposer.
—Qu'est ce que vous me racontez, je ne vous ai jamais vu ! Venez immédiatement au Commissariat ou bien ça va barder pour votre matricule mon jeune ami !
—J'arrive ! »

A son arrivée une demi-heure plus tard le malentendu put être dissipé, mais le mal était fait et Juliette Bouchet était encore plus persuadée qu'il était temps pour elle de fuir cette administration qui embauchait de telles erreurs de casting. Elle se rappelait avec nostalgie les paroles qui accueillaient, au temps de ses débuts lors du millénaire précédent, les policiers masculins qui avaient l'audace de porter une boucle d'oreille : « Il n'y a que deux types d'hommes qui portent des boucles d'oreille, c'est les pirates et les pédés ! Il est où ton bateau ? » De la même façon pour ceux qui arboraient un tatouage visible : « Les hommes tatoués, il n'y en a que deux sortes : les tôlards et les pirates, il est où ton bateau ? ».

Mais cette époque était bien révolue et même si certains aspects représentaient une nette amélioration, et elle s'en réjouissait, comme la disparition complète de l'homophobie, du mépris envers les collègues féminins et de l'alcoolisme chronique qui sévissaient alors dans les Commissariats, elle regrettait cependant un certain sens de la tenue, un respect de la hiérarchie et une discipline qui n'existaient quasiment plus non plus. Les jeunes recrues n'entraient plus dans la grande maison comme on entre dans les ordres, c'était devenu un travail comme un autre et on ne devait pas plus de respect à un patron de Commissariat qu'à un patron boulanger ou un chef de chantier. Du coup, la solidarité entre collègues avait elle aussi décliné, et la bonne ambiance qui régnait dans les postes avait rejoint les neiges d'antan, avec le respect de la parole donnée et la messe en latin, quoique cela n'ait aucun rapport, mais j'avais envie de dire ça, sur une impulsion subite et incontrôlée et honnêtement, je ne sais pas pourquoi vu que je ne vais pas à la messe. Mais ça ne fait rien, c'est en rapport avec la disparition de la France des années d'après guerre, âge d'or des Inspecteurs de Police dont Juliette avait connu la fin et qu'elle regrettait amèrement.

En tous cas le Capitaine Dilpares était enfin arrivé, identifié, reconnu comme tel malgré quelques réticences et il allait pouvoir commencer son apprentissage de la Sécurité Publique, la vraie police, celle qui s'occupe des vrais gens de tous les jours.

Son premier jour au Commissariat de Moulins avait mal commencé, aussi prit il toutes les précautions utiles pour que le reste de la journée soit plus heureux. Il déménagea ses affaires avec le plus grand soin, en particulier l'aquarium de trois cents litres qu'il installa dans son bureau. Ce engin comportait un chauffage d'appoint, un filtre automatique et même une centrale électronique de vérification des paramètres. C'est ainsi qu'une puce électronique vérifiait constamment les données transmises par les capteurs immergés :

température de l'eau, taux d'oxygène, salinité, taux de calcaire, Ph de l'eau, présence d'agents nocifs par analyse de la turbidité du liquide et encore d'autres choses plus techniques qui devaient garantir une qualité de vie absolument parfaite aux hôtes de l'aquarium.

Il avait du installer une table spéciale pour supporter le poids de son engin de pisciculture, puis effectuer un branchement avec une prise multiple pour garantir l'approvisionnement électrique des différents automatismes, dont certains fonctionnaient en continu, jour et nuit, comme le brassage de l'eau, la filtration, l'oxygénation, la surveillance des paramètres et cetera. Plusieurs boîtes logées dans le couvercle massif, qui contenait aussi l'éclairage avec variateur simulant les différentes phases du jour, contenaient la nourriture pour les trois espèces différentes de poissons que l'aquarium contenait, avec des distributeurs électroniques délivrant la quantité exacte nécessaire en temps et en heure à la surface de l'eau.

Ce appareil était sans contestation possible la Rolls des aquariums et le Capitaine Dilpares admettait volontiers avoir investi plusieurs mois de salaire dans la conception et le montage de cet ensemble unique, tout au moins sur le ressort de l'arrondissement de Moulins.

Le nouvel Officier passait volontiers une heure ou deux par jour dans l'admiration de ses amis à nageoires, il était comme hypnotisé par leurs évolutions aquatiques et disait volontiers qu'il aimait plus les poissons que les humains, à la fois pour la grâce dans leurs déplacements que pour le fait que les poissons, eux, ne mentent pas et surtout ne trahissent pas. Très vite ses troupes, fascinées par cette marotte inhabituelle, le surnommèrent Bubulle, au début amicalement, puis avec un mépris de plus en plus marqué au fur et à mesure qu'elles apprenaient à le connaître et à ne pas l'apprécier.

Bourriquette.

Bubulle montra très vite à tous l'étendue de ses compétences, ce qui n'était pas très difficile puisque cette étendue était très restreinte. Il n'avait aucune envie de travailler, ne voulait jamais prendre aucune décision et évitait soigneusement toute responsabilité. Son maître mot semblait être la devise du Candide de Voltaire « Pour vivre heureux, vivons cachés !» Il la mettait en application soigneusement en fermant la porte de son bureau et en ne répondant que rarement au téléphone, si bien que très vite tout le monde se demanda ce qu'il pouvait bien faire enfermé toute la sainte journée dans son antre administratif.

Les mauvaises langues prétendaient qu'il y dormait, avachi dans son fauteuil, mais Blondin avait du mal à y croire. Parfois il laissait la porte entrouverte et certains collègues indiscrets disaient l'avoir vu s'occuper de ses poissons pendant de longues minutes, rechargeant les réservoirs de nourriture, effectuant des réglages de l'appareillage complexe de l'aquarium ou tout simplement en contemplation admirative devant les évolutions de ses amis à nageoires. Certains collègues, remarquant ses difficultés à prendre des décisions et encore plus à prendre les bonnes, le surnommèrent Ken, en référence au personnage du film « un poisson nommé Wanda », qui venait d'être rediffusé à la télévision. Ce personnage adore les poissons et est affecté d'un fort bégaiement, ce qui correspondait plutôt bien au tempérament du nouveau Capitaine.

Mais très vite les effectifs sous ses ordres remarquèrent l'aversion naturelle très poussée de leur Officier pour tout acte pouvant s'apparenter de près ou de loin à du travail et ses réactions parfois violentes quand on lui demandait une décision, si bien que le surnom « Ken » était trop sympathique pour eux et ils optèrent tous pour « Bubulle », qui était beaucoup plus méprisant dans leur idée.

Juliette essaya de former Bubulle au métier de chef des unités en tenue, qui est une fonction complexe, qui nécessite de manier la carotte et le bâton, qui exige une grande connaissance de l'âme humaine, une forte autorité naturelle compensée par la compréhension et l'empathie qui font le chef juste et apprécié de ses troupes. Bubulle n'était rien de tout cela. Il avait accepté son déplacement forcé sous la menace et dès le départ avait déclaré que le Bourbonnais ne lui plaisait pas, que la fonction de chef des unités en tenue l'horripilait et qu'il était tellement dégoûté par la Police Nationale qu'il envisageait sérieusement la démission ou au moins de prendre une disponibilité.

Juliette avait tenté de lui expliquer qu'il devait faire contre mauvaise fortune bon cœur et qu'elle n'était plus là que pour une période restreinte, qu'il devait profiter de sa présence pour apprendre les rudiments du métier, au moins les quelques ficelles qui lui permettraient de donner l'illusion de travailler, mais même cela il ne voulait pas l'apprendre, c'était un effort et l'effort le faisait haleter. Il souffrait selon lui d'asthme d'effort, qui se déclenchait automatiquement quand il dépassait un certain seuil d'activité, seuil qui était très bas. Il pouvait se déplacer pour nourrir ses poissons ou bien pour rentrer chez lui, il n'était d'ailleurs jamais en retard pour quitter le service le soir, mais toute autre action le fatiguait terriblement, il étouffait et devait aussitôt cesser toute activité pour se reposer et reprendre son souffle, si possible assis et de préférence au calme, c'est-à-dire seul enfermé dans son bureau.

Au début, Juliette crut à une blague, une attitude de vengeance temporaire envers l'administration, même si Bubulle n'avait pas exprimé ses griefs envers l'institution. Puis elle se rendit compte que Bubulle était fermement décidé à ne pas changer sa manière d'être, il comptait laisser passer les jours sans rien faire, payé malgré tout au même tarif que son collègue Blondin, et largement plus que de nombreux collègues gradés et gardiens, qui eux, travaillaient d'arrache-pied au service du public.

Elle aurait pu se fâcher, tempêter, entamer une guerre avec son subordonné, mais c'était trop tard. Il lui restait quelques mois à tirer, dont quelques jours de travail effectif au service et elle était moralement épuisée, ce n'était donc pas à elle de se battre contre ce moulin à vent, après tout il y avait un chef de service et peut-être bientôt à nouveau un Commandant Adjoint du

Commissaire, c'était à eux de s'occuper du cas particulier de Bubulle.

Puis vint son dernier jour au service, Juliette ne revint pas et ne reviendrait plus, au grand désespoir de ses collaborateurs. Dès la fin de matinée l'occasion de demander des instructions se présenta : un gros accident de la route sur le contournement demandait de mobiliser au moins deux équipages pour faire la circulation. Les deux patrouilles de police secours furent donc mobilisées, mais ce matin-là, il n' y avait aucune unité de soutien, tous les effectifs étant en congés ou en stage.

Le Centre d'information et de Commandement reçut un appel « 17 » police secours pour un vol à l'étalage en cours dans un magasin place d'Allier, il fallait immédiatement l'intervention d'un équipage, car le voleur était retenu par le gérant du magasin, mais il cherchait à lui fausser compagnie et commençait à s'énerver. Une intervention immédiate était nécessaire pour interpeller le voleur et soulager le gérant, mais les deux équipages étaient encore bloqués pour faire la circulation pour un bon moment encore et ils ne pouvaient laisser les choses en l'état, car la circulation ne pouvait pas encore être rétablie normalement. Une décision devait être prise et l'opérateur du Centre d'Information et de Commandement appela le Capitaine Dilparès dans son bureau. Le téléphone sonna en vain, personne ne répondait et l'opérateur pensa que le Capitaine était sorti de son bureau. Il appela le Bureau d'Ordre et d'Emploi, situé un peu plus loin dans le même couloir, mais le Brigadier Chef lui répondit que le Capitaine était bien présent dans son bureau.

Le Brigadier Chef du Bureau d'Ordre et d'Emploi, un vieux de la vieille qui n'avait pas peur de la hiérarchie, en bonne partie parce que son départ en retraite n'était pas si loin et qu'il n'espérait plus rien en terme d'avancement ou de bonification, alla frapper à la porte. Il insista, frappa à nouveau en criant « Capitaine, vous m'entendez, je sais que vous êtes là ! » La porte finit par s'ouvrir sur un Capitaine qui portait la marque du clavier de son ordinateur sur le front : «

—Qu'est ce qui se passe ? Pourquoi vous me dérangez sans arrêt ?

—Capitaine, nous avons un problème d'effectif. Les deux équipages sont engagés sur un gros accident de la route sur le contournement, nous n'avons pas d'autre équipage disponible et il y a une intervention à effectuer place d'Allier sur un vol à l'étalage. Que devons nous faire ?

—Mais qu'est ce que j'en sais moi ? Vous n'avez qu'à demander à la Commandante, c'est son boulot, je ne vais pas faire le travail de tout le monde, j'en ai assez d'être dérangé tout le temps !

—Euh, Capitaine, moi je ne vous ai pas dérangé ce matin et la Commandante Bouchet est partie en retraite, enfin je veux dire en congés avant la retraite, mais quoi qu'il en soit, elle n'est pas là et c'est vous qui faites l'intérim, alors quelle est votre décision ?

—Débrouillez vous ! J'ai autre chose à faire que de m'occuper de détails comme ça ! C'est bien vous le chef du Bureau d'Ordre et d'Emploi, non ? Alors débrouillez-vous pour trouver du monde et monter une patrouille supplémentaire, au pire vous n'avez qu'à y aller vous même, allez au revoir et foutez moi la paix ! »

Bubulle a fermé la porte de son bureau et il est retourné à son occupation précédente, laissant le Brigadier-Chef bien embêté. Il est sérieusement atteint au dos et ne peut plus guère marcher, il ne peut guère intervenir lui-même, d'autant plus qu'il a des tableaux de statistiques urgentes à rédiger avant midi et un bon paquet de travail administratif en retard. Il sait que le Commissaire est sorti pour se rendre à une réunion à la Préfecture, sinon il l'aurait contacté, mais ce n'est pas possible. Il téléphone donc au Capitaine Blondin, même si cet Officier n'est pas concerné par les problèmes des unités de voie publique, sur lesquelles il n'a aucune autorité en théorie.

Mais en l'absence d'un Commandant Adjoint du Commissaire, c'est à Blondin de tenir ce rôle et le Brigadier-Chef obtient rapidement une réponse à son problème : Blondin délègue deux effectifs de la Sûreté Urbaine, qui sont normalement affectés aux plaintes, pour monter temporairement une patrouille supplémentaire. Les deux gardiens de la paix râlent un peu, car ce n'est pas leur travail de faire la patrouille police secours, mais Blondin a été ferme, il n'a pas demandé un service, mais donné un ordre et les deux plaintistes savent que si leur chef est juste et droit, il est aussi prompt à se mettre en colère si on le contrarie. Ils ne peuvent s'empêcher de grogner un peu, et puis cela leur permettra de réclamer un éventuel retour d'ascenseur, en montrant qu'il font un gros effort, le remerciement n'en sera que plus important. Ils ne traînent cependant pas trop la patte, car il y a aussi une victime qui attend et ils sautent dans une voiture sérigraphiée pour se rendre place d'Allier et récupérer le voleur.

Blondin a été informé de la réaction de Bubulle par le Brigadier-Chef du Bureau d'Ordre et d'Emploi et cela le laisse songeur. Il savait que Bubulle n'était pas travailleur, ni volontaire pour se mettre en avant, mais paresseux à ce point et réfractaire à tout travail d'Officier, voilà qui lui donne à réfléchir. Avec un zozo pareil, non seulement l'image de marque des Officiers ne va pas s'améliorer auprès des Gardiens de la Paix, mais on risque le vrai incident, voire-même la mise en danger du public ou des collègues, voilà qui est bien embêtant.

Blondin ne se voit pas du tout aller se plaindre auprès du Commissaire à son retour de réunion, mais il ne peut pas non plus laisser la situation en l'état ou même dégénérer, il décide donc d'aller voir Bubulle dès que possible et d'avoir une sérieuse conversation avec lui, il préfère crever l'abcès tout de suite.

L'occasion se présente dès l'après-midi, car un des enquêteurs du Capitaine Blondin vint le voir et lui annonça que son convoqué du matin, placé en garde à vue dans le cadre d'une enquête portant sur des vols au sein de la maison de retraite où il est employé, vient d'avouer ses forfaits. La perquisition effectuée chez lui a permis de retrouver plusieurs objets dérobés chez des résidents et le dossier est maintenant bouclé. Le Procureur de la République a été avisé des résultats de l'enquête et a demandé à ce que le mis en cause lui soit présenté en comparution immédiate dès quinze heures.

Une telle présentation doit être effectuée avec une escorte de deux effectifs en tenue, au minimum, trois effectifs est même un nombre conseillé pour éviter tout problème, mais il s'agit ici d'un garçon qui n'est pas violent, il est plutôt abattu et ne va certainement pas chercher à fausser compagnie à son escorte, on peut donc l'emmener au Tribunal Correctionnel à deux, il suffira de bien le menotter pour éviter les tentations idiotes.

C'est une mission dévolue aux unités de voie publique, mais le chef de brigade ne dispose que de deux patrouilles et il doit demander l'autorisation d'en utiliser une pour l'escorte en ne laissant qu'un seul équipage en police secours. Il a été frapper à la porte du bureau du Capitaine Dilparès, mais personne ne s'est manifesté et du coup il a répondu à l'enquêteur qu'il ne pourra assurer la présentation du mis en cause qu'après avoir joint son Officier. Il pourrait se passer de l'autorisation hiérarchique, mais ce chef de brigade est connu pour ne prendre que rarement des initiatives et Blondin le soupçonne de le faire exprès pour placer Bubulle devant ses responsabilités. Le chef de la Sûreté décide alors d'aller parler à son collègue Capitaine et il se déplace au rez de chaussée.

Arrivé devant le bureau de Bubulle, Blondin hésita, car il ne voulait pas se fâcher inutilement avec le seul autre Officier de la Circonscription de Moulins et il expira longuement avant de se décider à frapper à la porte. Un silence de mort répondit à ses coups et le fonds sonore de bavardage en provenance du bureau voisin s'interrompit, comme pour souligner le manque de réponse en provenance du bureau de Bubulle. Blondin pensa d'abord que son collègue était absent de son bureau, mais en tendant l'oreille, aidé par le silence soudain qui régnait dans le couloir, il perçut distinctement le ronflement d'un dormeur. Enhardi par cette découverte, il frappa à nouveau à la porte, plus fort et plus longtemps, mais avec le même résultat. Il essaya alors d'ouvrir la porte, mais elle était fermée à clef et il fut à deux doigts de renoncer.

Heureusement, en tant qu'Officier chef d'unité et intérimaire de l'adjoint au Chef de Circonscription, Lucas Blondin avait hérité d'un passe général lui permettant d'ouvrir presque toutes les portes du bâtiment, à l'exception de celles qui lui étaient interdites, comme celle du bureau du Commissaire, celles des locaux du Renseignement Territorial et quelques autres que le Service de Gestion Opérationnelle, jaloux de son pouvoir de maître des clefs, avait listées comme en dehors du champ de ses attributions.

Il sortit donc son passe de sa poche et l'enfonça dans la serrure, tourna et déverrouilla la porte sans difficulté, qu'il put alors ouvrir. Dans le bureau, attablé devant son ordinateur, dont il avait repoussé le clavier pour éviter les marques sur son front, le visage bouffi de sommeil, Bubulle le regardait avec cet air ahuri des gens qui viennent de sortir des bras de Morphée. Il reprit néanmoins ses esprits avec une rapidité déconcertante et jugeant certainement que la meilleur défense est l'attaque, se mit aussitôt à grogner : «

—Lucas, qu'est ce que tu fous ici ? Tu entres dans mon bureau sans ma permission ? Tu pourrais prévenir !

—J'ai frappé à plusieurs reprises, mais à mon avis tu n'as pas entendu.

—Tu n'as pas du frapper fort, sinon j'aurais entendu.

—Ah bon ? Tu as le sommeil léger ?

—Je ne dormais pas, je réfléchissais. J'ai du travail, moi, j'ai autre chose à faire que de venir emmerder mes collègues dans leurs bureaux. Et d'abord comment tu es entré ?

—J'ai ouvert la porte, ce n'est pas très compliqué et ça fait des années que je sais me servir d'une poignée.

—J'avais fermé à clef pour qu'on ne me dérange pas.

—Et bien comme tu ne répondais pas, j'ai eu peur que tu aies fait un malaise et j'ai ouvert avec mon passe.

—Quoi ? Tu as un passe ? Comment ça se fait ?

—En tant que chef d'unité et comme je remplace l'adjoint du Commissaire, j'ai un passe général.

—Et pourquoi moi je n'en ai pas ?

—Tu as demandé ?

—Non, je ne savais pas qu'on pouvait en avoir un.

—Et bien maintenant tu le sais, mais ce n'est pas pour ça que je venais te voir.

—Oui, alors qu'est-ce qui t'amènes ?

—Un de mes enquêteurs a besoin d'un escorte pour le déférement d'un gardé à vue au parquet cet après midi et le chef de brigade veut ton autorisation pour ne garder qu'une seule patrouille police secours le temps de l'escorte.

—Oui, c'est bon, il peut. Pourquoi c'est toi qui vient me demander ça ?

—Parce que ta porte était verrouillée et que tu ne réponds pas quand on frappe à ta porte. D'ailleurs ce n'est pas la première fois et je voulais t'en parler.

—Comment ça ?

—Oui, tu t'enfermes dans ton bureau et tu ne réponds plus à personne. Tu fais ce que tu veux, ce n'est pas mon problème, mais en revanche ce qui est mon problème, c'est que les collègues viennent me poser les questions qu'ils ne peuvent pas te poser à toi.

—Et en quoi c'est un problème ?

—Et bien d'abord je ne suis pas toujours disponible et puis, j'ai mon propre travail, je ne vais pas faire le tien en plus.

—Moi je dois m'occuper des unités en tenue tout seul, alors que normalement on doit être à deux Officiers, mais madame la Commandante est partie en retraite et c'est moi qui me tape tout le boulot une fois de plus. Alors si pour une fois tu as un peu de travail, tu m'excuseras, mais ça ne peut que te faire du bien, ça te change de ta routine. J'ai entendu dire que vous n'étiez pas trop occupés là-haut à la Sûreté. D'ailleurs, son gardé à vue, ton enquêteur pourrait l'emmener lui-même avec un de ses collègues au Tribunal, c'est son affaire après tout.

—Je note que tu crois que je n'ai pas de travail. Mais même si c'était vrai, et c'est malheureusement faux, ça ne t'empêche pas de faire le tien de travail, tu es payé pour ça je te rappelle. Quant à l'idée de faire effectuer l'escorte par des enquêteurs, cela s'est déjà fait en cas d'urgence, mais ce n'est pas la tradition ici.

—Et bien les traditions ça se change, il faut être moderne.

—D'accord ! Une autre tradition est de ne pas casser la gueule à un collègue, mais tu as raison, ça pourrait évoluer.

—C'est une menace ?

—Non, une prédiction tout au plus. En tous cas, comme tu le prends comme ça, je ne t'arrangerai plus et je m'abstiendrai dorénavant de donner des réponses à ta place.

—Oui, ce serait mieux que tu t'occupes de tes oignons.

—C'est noté. »

Blondin avait eu une forte tentation de violence envers son collègue, mais ça ne se faisait pas entre Officiers, et encore moins dans les couloirs du service, alors il avait avalé la couleuvre et refréné ses pulsions agressives, mais il gardait un chien de sa chienne à Bubulle et décida de ne pas le défendre en cas de problème.

La leçon avait quand même porté un peu, car Bubulle ne s'enferma plus dans son bureau pour le reste de la semaine, craignant sans doute la réaction du Commissaire en apprenant ce qui s'était passé. Mais Blondin, peu habitué à la délation, préféra taire l'incident et le Commissaire n'engueula pas Bubulle cette fois-là, ce qui se révéla d'ailleurs une erreur de la part de Blondin, trop gentil en l'occurrence. A la fin de la semaine, Blondin oublia l'incident et se concentra sur une nouvelle concernant directement son unité : une Brigadier de Police arrivait en mutation. Elle était Officier de Police Judiciaire et souhaitait travailler dans un service d'enquête. Or, une place s'était libérée avec le décès du Brigadier Nicolas Forlay[5], mort en service peu de temps auparavant.

Blondin sortait depuis quelques semaines avec une infirmière de l'hôpital, une jolie petite blonde un peu boulotte, mais dévouée corps et âme à son Capitaine chéri depuis qu'ils s'étaient mutuellement sauvé la vie.[6] Il appréciait particulièrement sa fougue amoureuse et ses connaissances étendues dans le domaine des rencontres sur l'oreiller, mais il reconnaissait aussi que sa Christine était loin d'être bête, contrairement à ce que la légende des blondes pouvait laisser croire. Malgré son jeune âge, car Christine avait moins de trente ans, elle possédait une vaste culture littéraire et cinématographique, plus étendue même que celle du Capitaine et ses raisonnements étaient parfois mieux construits et plus poussés que les siens. Il en était même venu à lui poser la question de passer un concours de police, car elle aurait été une grande enquêtrice, mais elle aimait son métier et voulait à toute force se dévouer à soigner les gens.

Elle n'était pas attachée à l'argent et cela intrigua Blondin, jusqu'à ce qu'il découvre qu'elle était originaire de Bourgogne, du côté de Montbard et qu'elle n'avait donc pas une goutte de sang auvergnat ni même bourbonnais. Elle était venue dans la région pour suivre son ex-petit ami, un cadre de la préfecture que Blondin connaissait, un type arrogant et bavard, dont le plus grand mérite professionnel était de savoir nouer un nœud de cravate. Elle avait trouvé facilement un emploi

---

5   La mort violente de ce subordonné de Blondin est relatée dans « Meurtre à l'hôtel » du même auteur.

6   Cet épisode violent est relaté dans « Meurtre à l'hôtel » du même auteur.

au Centre Hospitalier de Moulins, puis après quelques semaines elle avait surpris son copain dans les bras d'une autre et l'avait quitté. Elle était restée seule peu de temps et sans l'arrivée de Blondin dans sa vie, nul doute qu'elle ne serait restée célibataire que le temps pour les mâles du secteur de se rendre compte que cette proie tentante était disponible.

Christine n'avait pas ce genre de beauté fatale qui fait se retourner les hommes dans la rue, mais une bonne bouille qui respirait la gentillesse et le bon sens. La voir vous faisait aussitôt penser à l'été à l'ombre d'une grande meule de foin, un pique-nique rangé dans son panier, personne aux alentours et toute l'après midi devant soi pour faire des cochonneries dans l'herbe séchée. De même son corps n'avait pas la maigreur des lévriers malades servant de porte-manteaux dans les défilés de haute couture, sa poitrine ne devait rien à la chirurgie et il y avait de la chair autour des os. Bref, c'était une fille de la campagne, franche et sans artifices, qui vous aimait comme on mange de bon appétit après une rude journée de labeur, avec envie et enthousiasme, sans façons, sans se poser de questions et sans arrière-pensées.

Blondin commençait à connaître un peu Christine et plus il la découvrait plus il l'appréciait. Alors qu'il était sorti avec elle plus par envie que par amour, il tombait amoureux d'elle à petits pas, au ralenti pour ainsi dire, construisant lentement et sûrement une affection qui n'en serait que plus solide et plus durable. Blondin était donc parfaitement comblé aussi bien sentimentalement que physiquement et sur ce plan-là, il n'avait besoin de rien. C'est pourquoi il n'en fut que plus surpris quand il reçut dans son bureau la nouvelle recrue, Amanda Piochet.

Elle aussi était blonde, mais si Christine dénotait des clichés habituels sur les femmes à chevelure claire, Amanda se conformait quant à elle aux pires préjugés sur le sujet. Elle ne brillait vraiment pas par son intelligence et encore moins par sa sagesse, en revanche, elle avait une présence physique étonnante. D'une taille moyenne d'un mètre soixante-cinq, elle était de corpulence athlétique, ce qui ne veut pas dire maigre ni même mince, mais musclée avec juste ce qu'il faut de gras pour adoucir les contours de sa silhouette quasi parfaite.

Ses longs cheveux dorés, réunis pour le moment en une queue-de-cheval retombant sur sa nuque, étaient fins et chatoyants, ils évoquaient le pelage soyeux d'un félin mal domestiqué. Son visage aux traits fins, harmonieusement construit autour de son petit nez retroussé encadré par deux yeux d'un bleu pâle, reflets céruléens d'une âme innocente, ou qui voulait le faire croire, était d'une beauté insolite, loin du classicisme cinématographique, mais plus proche de la joliesse gracile des adolescentes poussées en graine qui veulent s'affirmer trop tôt comme des adultes. Alors qu'elle avait la trentaine bien tassée, elle donnait une impression charmante de jeunesse et d'inexpérience qui serait passée pour de la naïveté ou de la stupidité chez une personne moins jolie.

Son buste bien droit, engoncé dans le gilet pare-balles sous le polo d'uniforme, laissait cependant deviner un double balcon bien pourvu sans tomber dans l'excès. On souffrait presque pour elle à deviner les jumeaux écrasés par le cruel kevlar comme deux gros œufs sur le plat, alors qu'ils ne demandaient qu'à vivre et se dandiner au soleil en un balancement évocateur qui ne laisserait aucun mâle indifférent. Ses hanches bien dessinées surmontaient un fessier de rêve, deviné parfait malgré la coupe ingrate du pantalon d'uniforme et son ventre plat devait surplomber la forêt interdite que Blondin se surprit à souhaiter explorer.

Il était pourtant déjà « en mains » et n'avait besoin de rien, n'étant pas de ce genre d'homme à qui il les faut toutes, mais Amanda Piochet était plus que parfaite, elle possédait à la fois les attributs aguichant traditionnellement les hommes, mais également une sorte d'aura sexuelle qui promettait beaucoup, phénomène qui était d'ailleurs complètement involontaire, car elle-même ne faisait rien pour encourager l'admiration des mâles pour sa plastique.

N'étant plus cette jeune fille timide qu'elle avait été dix ans auparavant, Amanda était consciente de l'attirance qu'elle provoquait chez la gent masculine, mais elle n'avait pas la finesse d'esprit suffisante pour en tirer tout le potentiel. Alors que tout le jeu consistait normalement à promettre sans rien donner, Amanda, étant d'une nature généreuse et naïve, avait beaucoup donné sans rien obtenir. Elle avait ainsi beaucoup papillonné, cédant à de nombreux dragueurs qui ne s'étaient ensuite pas donné beaucoup de mal pour elle, estimant inutiles des efforts pour garder une proie si facile à conquérir, si bien qu'elle en avait conçu un certain mépris des hommes, qui avait abouti à son exil à Lesbos.

Elle était donc en couple depuis plusieurs mois avec une conductrice de poids lourds, trapue et hommasse, jalouse et agressive, poilue et misandre au-delà du raisonnable, mais également gentille et amoureuse, franche et sincère, tendre et forte, rassurante et féminine au plus profond, bien profond quand même, de son être. Autant cette créature pouvait se montrer rébarbative avec le reste du monde, autant elle était merveilleuse avec Amanda et leur couple aurait pu illustrer avec brio le conte « la belle et la bête », sauf qu'en l'espèce la belle était aussi un peu bête.

Amanda gardait pour elle cette nouvelle préférence, ayant compris après quelque temps que les hommes qui la croyaient disponible pour eux étaient beaucoup plus gentils avec elle. Elle ne les détrompait donc pas, n'encourageant pas non plus une drague qui aurait pu être assimilée à du harcèlement, elle était juste indifférente, comme une princesse habituée à tous les égards et tous les compliments, mais qui ne peut en tenir compte eu égard à son rang.

Blondin n'était pas un ange et il bavait littéralement d'envie devant la plastique parfaite de cette poupée, mais il n'était pas non plus esclave de ses pulsions et un véritable combat se déroula en lui, entre l'envie de la prendre dans son service pour l'avoir sous la main et influer de son autorité pour tenter de la mettre dans son lit, ce qui était mal, il le savait, d'autant plus qu'il n'était pas libre. L'alternative était de la refuser, sous un prétexte quelconque, mais cela revenait à la laisser partir chez ce crétin de Bubulle, qui ne méritait pas une telle perle dans son service.

Le Commissaire avait bien prévenu Blondin : il n'y aurait pas de renfort supplémentaire avant au moins six mois et cette opportunité de remplacement du Brigadier Forlay ne se représenterait pas de sitôt. Refuser l'intégration de cette fille à la Sûreté Urbaine, c'était aussi laisser plus de travail à ses troupes , qui ne comprendraient doublement pas sa décision, sauf à ce qu'ils devinent le trouble dans lequel sa présence plongeait leur Officier. Il deviendrait alors au mieux source de moquerie, au pire l'objet de mépris, il n'avait donc guère le choix et il décida de la garder dans son équipe.

Après quelques jours il dut se rendre à l'évidence : le moteur sous le capot n'avait pas les performances qu'on pouvait attendre d'un si beau véhicule et si Amanda était incontestablement très belle, elle était aussi très limitée intellectuellement, parfaite illustration des blagues sur les blondes. Ce n'est pas tant qu'elle soit incapable de raisonner, ce qui n'était pas le cas, mais elle avait parfois des pulsions et des naïvetés désarmantes, des croyances étranges également, ce qui n'arrangeait rien avec ses collègues, qui étaient en grande majorité très classiques dans leurs façons de vivre.

Amanda était végane, ce qui signifie qu'elle ne mangeait aucun aliment d'origine animale, même pas du lait ni des œufs. Dans une région d'élevage comme le Bourbonnais, voilà qui était déjà en dehors des normes, mais comme la mode du végétarisme avait atteint Moulins chez les bourgeois bohèmes du centre-ville, cette radicalité dans une expression sociale déjà présente ne surprenait pas tant que ça et surtout ne choquait pas. Son lesbianisme était également un phénomène déjà présent et elle n'était pas la première au sein des personnels du Commissariat à repousser la saucisse au profit du bouton de rose, ce qui était d'ailleurs logique pour quelqu'un se refusant à consommer aucune sorte de viande.

En revanche, Amanda ne jurait que par les médecines douces, croyait fermement pouvoir soigner toute affection par la lithothérapie et prévenir la plupart d'entre elles par l'aménagement feng-shui de son petit intérieur. Elle refusait fermement la médecine allopathique, considérait avec méfiance même l'homéopathie, lui préférant une bonne séance d'hypnothérapie ou un traitement par la naturopathie. Elle ne dédaignait pas consulter un chaman et tentait souvent d'invoquer son totem pour l'aider à résoudre des enquêtes. Sa concubine, fiancée en fait puisqu'elles envisageaient sérieusement le mariage, elle-même naturopathe et hypnothérapeute, la freinait cependant un peu dans ses ardeurs et reconnaissait quelques vertus malgré tout à la médecine moderne, mais du bout des lèvres.

Les croyances et opinions d'Amanda n'auraient pas été un problème si elle n'avait pas été militante et prosélyte, mais elle ne perdait pas une occasion pour tenter de convertir ses collègues des deux sexes au véganisme ou à ses autres chevaux de bataille. Ses collègues féminins l'avaient vite envoyer paître, puisqu'elle aimait tant le gazon, mais ses collègues masculins en revanche, écoutaient avec une grande patience et un intérêt parfaitement feint son discours destiné à les convertir, eux qui rêvaient de la convertir à l'hétérosexualité, ou au moins de tenter un essai avec eux.

Les ayant tous repoussés après quelque temps, les prétendants finirent par la laisser tranquille, mais elle y avait gagné une réputation de fille bornée et un peu stupide, qui n'était pas entièrement méritée pour ce qui concerne le premier terme. Amanda était une fille généreuse et naïve, mais elle avait tendance à être étourdie et impulsive, n'écoutant que les élans de son cœur là où elle aurait parfois dû réfléchir un peu. Son tempérament impulsif la faisait souvent passer pour plus bête qu'elle n'était et elle reconnaissait la plupart du temps ses erreurs après y avoir cogité un peu, mais malheureusement cela ne la corrigeait pas et elle agissait à nouveau sans réfléchir la fois suivante.

Après plusieurs semaines, Amanda avait fini par s'intégrer à sa manière dans l'équipe, tout en restant à l'écart des autres, ne serait-ce que par son absence lors des repas pris ensemble, souvent des barbecues arrosés, fêtes sans intérêt pour elle qui ne mangeait pas de viande et ne buvait pas d'alcool. Ses lubies fréquentes la desservaient et elle avait pris l'habitude, en cas de besoin, de se faire assister par la patrouille de police secours plutôt que par ses collègues de l'investigation. En tant que Brigadière et encore plus d'Officier de Police Judiciaire, elle pouvait donner des instructions aux équipages et ne s'en privait pas. Très vite, les policiers en tenue allèrent protester auprès de leur Capitaine, mais Bubulle les envoya promener dans un premier temps, puis devant leur insistance, finit par passer un coup de fil à Blondin pour lui demander qu'Amanda cesse de faire appel à ses équipes. Blondin n'avait aucune affinité avec Bubulle et lui gardait un chien de sa chienne, il l'envoya donc promener à son tour et Bubulle, mortifié retourna nourrir ses poissons.

Lâchés par leur hiérarchie, les équipages prirent l'habitude de se cacher quand ils apprenaient qu'Amanda cherchait à les joindre, d'autant plus que plusieurs interventions foireuses, commandées par la brigadière, avaient failli mal tourner. Elle devint un sujet de moquerie dans tout le Commissariat et les histoires les plus scabreuses, pour la plupart totalement imaginaires, commencèrent à se répandre sur son compte, jusqu'à même parvenir aux oreilles du Commissaire, qui demanda à Blondin de juguler l'enthousiasme de cette nouvelle recrue, qu'il n'avait rencontré qu'en de rares occasions, mais dont il se rappelait avec une certaine émotion la plastique irréprochable.

Blondin était assez gêné, il savait Amanda impulsive et souvent irréfléchie, si bien qu'il ne voulait pas lui confier des dossiers trop importants, mais il ne pouvait pas non plus la laisser sans rien faire, ça n'aurait pas été juste envers ses collègues. Il fallait lui trouver un dossier peu important, mais qui l'occupe de longues journées. Il fouilla dans le tas de plaintes de la semaine et ressortit le procès-verbal de plainte d'un retraité d'Yzeure. Il avait lu avec distraction cette plainte, car le vieux se plaignait que l'eau de son puits avait changé de goût et sentait le pétrole, il ne pouvait plus l'utiliser pour son pastis quotidien et s'en lamentait avec beaucoup d'emphase. Cette plainte sentait bon « la soupe aux choux » et le perniflard du Bombé, héros du roman de René Fallet[7], écrivain local devenu emblématique du Bourbonnais.

Selon le plaignant, certains de ses voisins subissaient le même désagrément et ils soupçonnaient tous une famille nouvellement installée dans le quartier, des immigrés turcs, d'avoir empoisonné leurs puits pour les empêcher de consommer de l'apéritif anisé, contenant de l'alcool et donc interdit par la religion mahométane. C'était farfelu et ridicule, mais le vieux n'avait pas voulu en démordre et avait tenu à déposer plainte, menaçant d'écrire directement au Procureur de la République si sa déclaration n'était pas prise en compte. Dans son audition, le vieux birbe citait une dizaine de voisins comme témoins ou victimes et pour bien faire, il aurait fallu tous les entendre, avant d'entendre également la famille d'étrangers pour clore le débat et éteindre les soupçons stupides.

---

[7]   Le héros principal du roman « la soupe aux choux » de René Fallet, est
      Claude Ratignier, dit « le Glaude » un retraité qui boit du pernod (le
      pernifard) allongé d'eau de son puits, en compagnie de son voisin bossu
      surnommé le Bombé.

C'était un gros travail, fastidieux puisqu'il fallait aller voir sur place des anciens qui ne pouvaient guère se déplacer ou ne voulaient pas, les entendre ensuite avec tout ce que ça comportait de difficultés et de bêtises à supporter, puis terminer en apothéose en allant accuser une famille qui n'avait certainement rien à voir avec les puits du voisinage. Blondin aurait bien laissé dormir la plainte quelques années, le temps que le plaignant décède de sa belle mort, puis aurait classé le dossier. Mais finalement, il décida de confier cette brillante affaire à Amanda, elle serait ainsi occupée un bon moment avec un dossier qui ne risquait rien, tant il était persuadé que le mauvais goût de l'eau de son puits prenait sa source dans la tête du vieux.

C'est ainsi que la brigadière hérita de la plainte, qu'elle prit très au sérieux, sensible comme elle l'était aux questions de sécurité alimentaire. Elle décida aussitôt d'aller voir le plaignant pour compléter certains détails de la plainte qui lui manquaient, fonçant avec son impétuosité habituelle dans cette nouvelle croisade anti pollution qu'on venait de lui confier. Blondin avait remarqué son enthousiasme et il soupira de contentement, heureux d'avoir fait d'une pierre deux coups : il occupait Amanda tout en traitant un dossier qui avait toute l'apparence d'une affaire foireuse, ce en quoi il ne savait pas à quel point il se trompait...

Il alla trouver son subordonné, adjoint et ami le Brigadier Chef Michel Gripollini, pour lui faire part de sa satisfaction : «

—Salut Michel, je suis content de moi.

—Ah bon ? Qu'est ce que tu as fait ?

—J'ai réussi à refiler à Amanda l'enquête sur la plainte de l'eau du puits du vieux, tu sais celui d'Yzeure qui boit du pastis à longueur de journée. Un vieil ivrogne qui prétend que l'eau de son puits n'a plus le même goût depuis que des turcs se sont installés deux maisons plus loin.

—Il se plaint que son eau sent la merguez ?

—Des turcs Michel ! Ce serait donc plutôt une odeur de Kebab. Mais non, il parle d'une odeur et un goût de pétrole.

—Alors c'est pas des turcs, c'est des saoudiens qui sont venus à côté de chez lui !

—J'ai refilé la plainte à Amanda, elle était toute fière d'être directrice d'enquête pour une fois !

—Ah notre Bourriquette on la changera pas !

—Quoi ? Bourriquette ? C'est quoi cette nouveauté ?

—Tu sais que les collègues adorent se donner des surnoms entre eux, à la fois pour s'amuser, mais aussi pour que les voyous ne connaissent pas leurs noms de famille. Et bien les collègues ont surnommé Amanda Bourriquette. Je trouve que ça lui va bien, non ?

—Oui, pas mal, mais pourquoi Bourriquette ?

—En patois Bourbonnais un bourri c'est un âne, et aussi par référence à Bourriquet, le copain de Winnie l'ourson, le personnage de dessin animé de Disney. Bourriquet a un air malheureux, il n'est pas très malin et il ne mange que des légumes, c'est Amanda tout craché !

—C'est un peu capillotracté, mais si ça vous amuse, faites juste gaffe qu'elle ne vous entende pas quand vous l'appelez comme ça, elle ne serait pas très contente !

—Non, mais c'est pas méchant.

—Elle peut mal le prendre, faites gaffe quand même, elle est peut-être plus sensible que vous croyez.

—Dans la police quand on est sensible, c'est qu'on s'est trompé de métier.

—Ouais, c'est pas faux ! »

Une équipe de rêve.

Blondin avait promis à sa dulcinée un beau voyage de fiançailles et il avait pu poser deux semaines de congés, si bien qu'il confia la Sûreté Urbaine aux bons soins du Brigadier-Chef Michel Gripollini et partit avec sa Christine pour la Polynésie Française, heureux de découvrir Tahiti en compagnie de sa blonde. Le voyage fut idyllique, tout se déroula à merveille. Il faut dire que le couple pouvait se payer toutes ses envies, Lucas ayant pris la précaution d'emmener cinquante mille euros en espèces, prélevés sur son trésor personnel. Après tout, cela ne représentait qu'une grosse liasse de billets de cinquante euros, qu'il avait négligemment glissé dans la poche intérieure de son blouson, ne risquant quand même pas de laisser une telle somme dans une valise en soute.

Les hôtels de luxe, les cocktails sur les bateaux et un petit voyage en avion de tourisme d'îles en îles, plus un beau collier de perles, avaient fait disparaître la liasse durant les deux semaines où le couple avait bien profité de la vie, ne se refusant rien et s'aimant furieusement tous les soirs avec l'ardeur des jeunes gens qui se découvrent encore. Bref, une vraie petite lune de miel, dans le luxe et sous le soleil, au climat parfait de la Polynésie, avec l'excellent accueil qu'on reçoit partout quand on est farci de pognon et qu'on le dépense généreusement.

Mais toutes les bonnes choses ont une fin et les congés terminés, le retour fut un peu morose, mais on ne peut pas vivre constamment en vacances, sinon on ne les apprécierait plus autant, ce qui est la malédiction des très riches oisifs, ceux qui osent dire que l'argent ne fait pas le bonheur, tout simplement parce qu'ils n'en ont jamais manqué. Manger à sa faim non plus ne fait pas le bonheur, mais allez donc le déclarer aux affamés et vous verrez leur réaction !

Blondin fit contre mauvaise fortune bon cœur et retrouva son équipe avec le sourire malgré tout, le fait qu'il adorait son métier l'aidait toujours à surmonter le petit spleen de retour de congés. Il put prendre connaissance des dernières péripéties Moulinoises et demanda également à Michel Gripollini de lui faire le point sur les affaires en cours : «

—Alors Michel, qu'est-ce qu'il s'est passé pendant mes deux semaines d'absence ?
—A part les conneries de Bubulle et de Bourriquette, pas grand-chose.
—Allons bon ! Qu'est-ce qu'il nous a fait Bubulle ?
—Comme d'habitude, il ne fait rien, il se cache, ne prend aucune décision, ne va pas sur le terrain et critique tout le monde en râlant qu'il n'y a que lui qui travaille ici.
—Ouais, et bien ce n'est pas nouveau !

—Oui, sauf qu'en ton absence, il en profite pour tenter de faire endosser certaines tâches par la Sûreté Urbaine à la place des unités en tenue.

—Comment ça ?

—Et bien pour exemple avant-hier nous avions à déférer un mis en cause devant le Procureur de la République à l'issue de sa garde à vue, une affaire de vol avec effraction. Il y avait du monde disponible en tenue, et pourtant Bubulle a refusé de déléguer un équipage pour faire l'escorte, ce sont deux enquêteurs de la Sûreté que j'ai dû envoyer en désespoir de cause, mais honnêtement ils avaient du boulot et ils ont fini tard leur journée à cause de Bubulle. Pendant ce temps-là, il y avait un équipage inactif sur Moulins.

—Tu sais bien qu'on ne peut pas dire ça. Un équipage en tenue n'est jamais inactif, sa simple présence est une forme de prévention de la délinquance et se montrer dans les rues fait partie de leur travail.

—Oui je sais, mais ils auraient pu faire l'escorte, c'est ça ce que je veux dire.

—Tu en as parlé au Commissaire ?

—Oui, mais il a noyé le poisson.

—D'un autre côté il n'a plus que Bubulle pour commander le service de Voie Publique, il est obligé de le ménager.

—Pourquoi ça ? De toutes façons il ne fait rien, alors pourquoi le ménager ?

—Je ne sais pas, je vais en parler avec le Commissaire, on verra bien ce qu'il en dira.

—Bubulle, c'est surtout qu'il est Capitaine, c'est ça qui le sauve !

—Ouais, et bien moi ça ne m'a jamais beaucoup sauvé.

—Il n'y a de l'indulgence que pour les mauvais, il y en a marre !

—Du calme, je vais régler le problème. Qu'est-ce qu'il vous a fait d'autre dans le même genre ?

—Il n'a pas validé une saisine de l'Officier du Ministère Public pour une amende dont un collègue de la Sûreté avait demandé l'indulgence, si bien que la procédure a suivi son cours normal et le collègue a été obligé de payer sa prune.

—Il l'a fait exprès ?

—J'espère que non, que c'est juste de la paresse et de l'incompétence et pas de la mauvaise volonté, mais nous avons tous un doute.

—Bon, je vais voir avec le Commissaire je te dis. Et Bourriquette, qu'est-ce qu'elle nous a fait ?

—Alors elle, c'est autre chose ! Elle s'est lancée à fond dans son dossier d'eau qui sentait le gazole. Elle est partie écumer le quartier en questionnant tous les habitants dans un rayon de cinq cents mètres autour de chez le plaignant initial. Elle a ainsi recueilli une dizaine de plaintes et a réussi à fédérer les plaignants, qui ne se connaissaient pas la plupart du temps. La presse en a eu vent et le « scandale des puits pollués » a fait la une du journal « La Montagne » et l'objet de plusieurs émissions de radios locales. La mairie d'Yzeure a été saisie et le Commissaire a reçu l'adjoint à la qualité de vie, même le conseil départemental, qui est en charge de la qualité de l'eau, s'est ému de cette histoire. Bref, elle a semé un sacré boxon !

—Bon, ce n'est pas très grave et après tout, il y a peut-être vraiment une histoire de pollution là-dessous. Je vais aller voir le Commissaire au sujet de Bubulle et je te tiens au courant. »

Blondin alla voir le Commissaire comme il l'avait dit, mais il avança ses doléances avec prudence, même s'il estimait que ce commissaire-là était moins imbu de sa personne et moins orgueilleux que la moyenne. Il ne voulait pas non plus alimenter la sempiternelle opposition entre « la tenue » et « les civils », qui a toujours existé dans la police et qui perdure malgré la disparition complète des corps en civil depuis la fin du siècle dernier.

Le chef de circonscription se montra compréhensif et à l'écoute, mais il refusa d'agir contre Bubulle, tout simplement parce qu'il n'avait que lui sous la main pour commander les personnels en tenue, il ne voulait pas définitivement s'aliéner le Capitaine Dilpares, qui parlait déjà de Burn-out à cause des deux semaines de congés que Blondin avait pris. En effet, en l'absence d'autre Officier, Michel Dilpares avait été contraint d'assurer l'astreinte de commandement pendant deux semaines consécutives et cette terrible épreuve, alors même qu'il ne s'était rien passé de particulier pendant les deux week-ends concernés et qu'il n'avait pas été rappelé au service, l'avait mené quasiment au bout du rouleau.

Le Commissaire demanda d'ailleurs à Blondin s'il ne voulait pas accepter d'assurer les deux semaines suivantes d'astreinte de commandement, car à son tour le Capitaine Dilpares souhaitait lui aussi poser deux semaines de congés. Blondin trouvait cette demande raisonnable et accepta aussitôt, il serait juste bloqué pendant deux week-ends, mais ce n'était pas grave, car

Christine travaillait aussi un week-end sur trois. Elle pourrait même ainsi se porter volontaire pour travailler les deux week-ends et le troisième ils seraient tous les deux tranquilles et pourrait programmer une escapade en amoureux pour aller sur la côte bretonne déguster quelques plateaux de fruits de mer.

Le Commissaire semblait quand même gêné et Blondin lui demanda s'il y avait autre chose. Finalement son chef finit par lui cracher le morceau : une manifestation d'agriculteurs était prévue dans huit jours et le major qui assurait d'habitude le commandement du service d'ordre sur le terrain était absent pour un événement familial important, car il mariait son fils, cérémonie qui était prévue de longue date et ne pouvait pas être reportée. Le Commissaire demanda donc à Blondin s'il pouvait aussi assurer le commandement de ce service et Blondin, mal à l'aise, accepta malgré tout. Il n'aimait pas trop cette situation, car même s'il avait bénéficié d'une courte formation en maintien de l'ordre à l'école d'Officier, il n'avait plus pratiqué dans ce domaine depuis des années et il n'était pas au courant des dernières nouveautés réglementaires, surtout en termes de nouveaux matériels et de doctrine d'emploi des modèles de grenade.

La doctrine officielle changeait souvent, au gré des incidents et des réactions indignées de l'opinion publique quand un brave garçon, généralement chômeur de longue durée ou étudiant à très long terme, ramassait quasiment sans le faire exprès, par réflexe citoyen pourrait-on presque dire, une grenade lacrymogène ou sonique dans le louable souci de la rendre au membre des forces de l'ordre qui l'avait égarée, et se faisait sauter une main. Ce genre d'accident malheureux, s'il n'était évidemment jamais souhaité par les membres des forces de l'ordre, était pain bénit pour les contestataires qui y trouvait matière à dénoncer les violences policières.

Parfois c'était un autre brave garçon, manifestant semi-professionnel, qui démontrait sa haine du capitalisme et des banques mondialisées en tentant de piller un distributeur de billets, certainement dans le but final de rendre l'argent à des plus pauvres que lui, floués par le système des fruits d'un travail qu'ils n'avaient heureusement, préventivement et d'une manière très finaude, jamais fourni à qui que ce soit. Celui-là était dérangé dans son œuvre de redistribution généreuse par des membres des forces de l'ordre à qui il n'avait rien demandé et s'énervait légitimement, n'hésitant pas à se défendre d'une future attaque en lançant des projectiles divers en direction des trublions en uniforme. Le tir de lanceur de balle de défense qui suivait démontrait l'agressivité des nervis du système et si par malheur la victime perdait l'usage d'un membre ou était blessé d'une quelconque façon, la doctrine d'usage de l'arme non létale, mais qui faisait mal quand même, changeait une fois de plus dans le sens d'un amoindrissement de ses capacités de blesser.

Les manifestants violents auraient voulu que les forces de l'ordre ne puissent utiliser aucun matériel professionnel, en tous cas rien qui fasse mal ou qui effraie le gentil contestataire, et parmi les outils les plus dénoncés figuraient les armes non létales, qui permettaient aux méchants policiers de faire leur travail en étant en infériorité numérique face à leurs adversaires. Cela semblait injuste en effet que certains puissent utiliser du matériel et d'autres pas, même s'il leur arrivait souvent d'improviser avec des pavés, divers objets à lancer, des outils, des mortiers d'artifice ou des bouteilles incendiaires, il faut bien que jeunesse s'amuse...

Que les armes en question soient déjà un progrès énorme par rapport aux pays qui n'en possédaient pas et préféraient régler le problème des fauteurs de trouble à la mitrailleuse lourde, était un point de détail qui n'effleurait pas l'esprit des bien-pensants habitués des plateaux de télévision. Qu'un manifestant soit blessé dans l'exercice de son loisir favori était inadmissible, on devait pouvoir faire autrement et il y avait certainement à la base de l'incident une faute à reprocher au fonctionnaire de base qui maniait l'engin de non mort.

Que les blessés soient nombreux chez les policiers n'avait en revanche aucune importance, puisqu'ils étaient payés pour ça. Il est bien connu que les poulets sont là pour être sacrifiés et qu'ils n'ont de toute façon pas assez de cervelle pour penser un jour à lever la crosse en l'air et laisser tomber des maîtres qui ne leur accordaient aucune considération malgré les sacrifices consentis quotidiennement. Au pire, si la fidélité et la discipline des policiers venaient un jour à faiblir, on pourrait toujours utiliser l'armée dans sa composante la moins susceptible de réfléchir, c'est-à-dire la Gendarmerie.

En tous cas, les règles et les modes d'emploi avaient beaucoup changés depuis sa sortie d'école et le Capitaine Blondin s'inquiétait de sa méconnaissance des usages du maintien de l'ordre. Il questionna le major du Bureau d'Ordre et d'Emploi, qui lui confia quelques trucs et astuces avant de lui transmettre par mail les dernières notes de service sur l'évolution récente de la doctrine du maintien de l'ordre et les dernières nouveautés en terme de matériels et de manière de s'en servir. Lucas Blondin était sauvé, même s'il lui fallait maintenant prendre connaissance d'une documentation de plus de deux cents pages, mais c'était le prix à payer pour se mettre à niveau dans ce domaine particulier.

Blondin aurait pu se retrancher derrière sa spécialisation en tant qu'enquêteur pour déléguer le commandement opérationnel sur le terrain à un Brigadier-Chef du service général, certains d'entre eux étaient parfaitement compétents et auraient pu remplir le rôle sans difficulté, mais c'était admettre son incapacité d'adaptation et son orgueil l'en empêchait. Et puis il répétait souvent que si les Officiers existaient et qu'ils étaient mieux payés que les gradés, c'est bien parce qu'ils apportaient une plus-value en termes de commandement et d'adaptabilité, c'était donc l'occasion de le démontrer.

Le Capitaine savait aussi que le moindre dérapage lui serait vertement reproché et que tout nouveau passage au conseil de discipline, justifié ou non, pouvait se solder par une révocation. Il n'avait plus aussi peur d'une telle sanction depuis qu'il était riche[8],

---

[8] Blondin est devenu immensément riche en récupérant une fortune spoliée à une famille juive pendant l'occupation. Il ne pouvait rendre cette fortune à

puisqu'au pire il devrait vivre une vie de nabab oisif et il y avait plus désagréable. Il avait d'ailleurs prévu de quitter le pays dans ce cas de figure, histoire de se mettre à l'abri de la curiosité de l'administration fiscale et de pouvoir officialiser sa fortune, certains pays étant à la fois moins curieux que d'autres sur l'origine des fonds et moins avides de confisquer leurs capitaux aux résidents.

Il ne l'avait pas fait pour le moment pour deux bonnes raisons, qui étaient d'une part l'amour de son métier, qu'il ne voulait pas encore quitter, mais aussi parce qu'il aimait son pays, malgré ses défauts. Il n'avait plus guère de famille et ce n'était pas pour lui un souci de s'éloigner de l'hexagone ou même de n'y vivre que moins de la moitié de l'année, comme certains artistes ou sportifs, grands donneurs de leçons par ailleurs, qui ne se gênaient pas pour le faire discrètement. Blondin reconnaissait la générosité du système français, même si la corruption et le gaspillage qui se généralisaient de plus en plus, affaiblissaient la mécanique et risquaient à terme de la gripper, menant à l'abandon d'un modèle de société unique au monde, héritage de l'après guerre.

Il déplorait pour sa part la dérive technocratique, avec son cortège d'économies de bouts de chandelles et d'erreurs flagrantes par manque de bons sens et de simplicité. Les décideurs avaient depuis longtemps perdu le contact avec le terrain et géraient le pays comme on gère une multinationale, sans se soucier de l'avenir à long terme, mais le regard rivé sur les cours de la bourse du jour et sur les calculs de dividende du

---

ses légitimes propriétaires et il a décidé en conséquence de la conserver pour lui. Voir « Meurtres à la maison de retraite ».

lendemain. Aucun souffle, aucun élan, aucun projet ambitieux comme le pays en avait connus après guerre ne fédérait désormais une nation hétéroclite où les comptables avaient supplanté les visionnaires.

Le besoin de tout contrôler avait gagné la police avec les réformes successives, qui avaient acté la disparition des enquêteurs, puis des Inspecteurs, des renseignements généraux et de l'amour du travail bien fait. Les statistiques avaient remplacé les indicateurs et les rendez-vous dans des bistrots louches. La montée en puissance de la police scientifique n'avait pas réussi à endiguer l'augmentation sans précédent de la criminalité. Il faut dire que la police faisait de son mieux avec des moyens de plus en plus réduits, mais la répression judiciaire, but final de la répression policière, avait elle aussi molli et perdu de son efficacité, laissant la récidive plomber les chiffres.

Quand un cambrioleur du vingtième siècle œuvrait pendant plusieurs mois avant de se faire attraper, puis disparaissait de la circulation une dizaine d'années pour cause de séjour à l'ombre, le voleur du vingt et unième siècle se faisait attraper parfois dès son premier forfait, mais ressortait aussitôt avec un avertissement et recommençait derechef. Il n'était plus rare de constater qu'un individu avait été mis en cause dix ou vingt fois pour des vols aggravés, et se trouvait pourtant libre comme l'air, chose qui aurait été inconcevable trente ans auparavant.

Cette évolution s'accompagnait cependant de nouveaux bienfaits indéniables et Blondin ne jugeait pas trop sévèrement la société française, qu'il pensait encore bien supérieure à ce qu'il connaissait de l'étranger, il regrettait juste que les choses ne s'améliorent pas, mais dérivaient au contraire d'une manière qui l'inquiétait confusément, en particulier par l'abandon des valeurs morales fondatrices et par la déliquescence voulue des institutions, soumises au diktat des économies forcées et des réductions de personnel.

Les jours passèrent lentement, d'autant plus lentement pour le Capitaine Blondin qu'il cumulait les fonctions et qu'il était sollicité de toutes parts, si bien qu'il était contraint de rester au bureau plus de douze heures par jour, sautant les repas en mangeant un sandwich tout en relisant les procédures, se faisant un point d'honneur à ne pas prendre de retard et à transmettre au plus vite tout le courrier qu'on lui demandait de valider. Le week-end de la manifestation arriva enfin et Blondin réussit à tenir son rôle avec efficacité, au moins au début.

Les agriculteurs, qu'on appelle Bounoumes en Bourbonnais, sont des habitués de la manifestation revendicative puisque dès qu'il pleut trop, ou pas assez, dès qu'une maladie animale apparaît ou si la production est trop importante, dès que les subventions européennes diminuent ou qu'elles peuvent augmenter, et pour de multiples autres raisons, ils aiment manifester devant la Préfecture de Moulins. Il ne s'agit généralement que des éleveurs, bovins ou ovins, car les céréaliers, conscients d'être des privilégiés de la distribution des aides européennes, manifestent rarement dans le Bourbonnais.

Munis de matériels agricoles impressionnants par leurs tailles et leurs puissances, les bounoumes peuvent également compter sur leurs épandeuses à purin, arme fatale à la propreté des portes de la Préfecture, mais également à l'hygiène des policiers présents, tenus de supporter vaillamment les projections agricoles. Généralement, après s'être bien défoulés sur les innocents policiers, qui n'y sont absolument pour rien dans leurs malheurs, les paysans rentrent chez eux en maugréant et en vidant un dernier tombereau de détritus sur l'unique pont de la ville, histoire d'emmerder le maximum de monde le plus longtemps possible.

Pendant la manifestation, qui dure rarement moins de quatre heures, des pneumatiques usés, des palettes, de la vieille paille et différents déchets sont brûlés en tas sur la chaussée devant l'entrée principale de la Préfecture, causant une fumée grasse et noire qui va rejoindre la cohorte des pollutions tolérées sans discussion par les écologistes, qui ne se frottent qu'à des adversaires inoffensifs et qui ne risquent pas d'avoir des réactions brutales. Il est en effet plus facile de s'indigner devant un adversaire en costume cravate pacifique et civilisé que devant une brute en cotte de travail, qui n'hésitera pas à démontrer manu militari la supériorité de sa cause.

La gestion de telles manifestations demande un certain doigté de la part du chef du service de maintien de l'ordre, car il faut louvoyer entre les demandes de la Préfecture, parfois irréalistes comme d'encercler une centaine de manifestants avec cinq Gardiens de la Paix ou bien d'empêcher un cortège de cinquante tracteurs d'entrer en ville sans aucun moyen mécanique et sans aucune répression, et de l'autre côté les humeurs changeantes de manifestants qui sont à peine contrôlés par leurs responsables syndicaux, parfois alcoolisés à outrance et connaissant l'impunité dont ils vont bénéficier, fortement tentés de semer le plus de désordre possible.

Blondin avait mis en place un dispositif adéquat. Il n'était pas évident de faire mieux avec les moyens dont il disposait, c'est-à-dire une dizaine de gradés et gardiens et il avait prévu la présence de l'Officier de Police Judiciaire d'astreinte, histoire de relever les infractions pénales s'il s'en commettait. Cet Officier de Police Judiciaire était le Brigadier Amanda Piochet.

Il était de tradition de relever les infractions pénales commises par les manifestants, mais sans ostentation et en identifiant les auteurs d'une manière indirecte. Ainsi, on ne demandait pas ses papiers à un agriculteur déversant du fumier sur le pont, mais on le prenait en photo discrètement, ainsi que son tracteur, ce qui permettait de l'identifier a posteriori sans grande difficulté, malgré la précaution élémentaire que les petits malins prenaient de cacher la plaque minéralogique de leur engin. Les véhicules mal identifiés étaient simplement suivis par les gendarmes jusque dans leur village et même leur ferme et ils ne pouvaient guère semer la filature. Le mis en cause était ensuite convoqué deux ou trois semaines après les faits, les esprits une fois calmés, et une peine légère venait clôturer l'affaire à la satisfaction générale.

La police de Moulins procédait ainsi depuis des temps immémoriaux, les commissaires successifs ayant parfaitement conscience d'être en infériorité numérique face à la paysannerie déchaînée. Sans pour autant baisser pavillon de manière trop voyante, on feignait de se laisser duper par les naïves précautions que les pécores prenaient pour échapper à l'identification et tout le monde était content. La facture des dégradations commises à chaud se réglait à froid, souvent avec l'aide discrète de la chambre d'agriculture et c'est ainsi que bien des drames furent évités avec des travailleurs de la terre avinés et furieux sur le coup, mais qui étaient des braves gens placides le reste de l'année.

On aurait pu la jouer à la Rambo, interpeller au moindre écart et déclencher une mini guerre civile qui se serait terminée au mieux avec une ville ravagée et plusieurs blessés de part et d'autre. Les rancœurs se seraient accumulées, provoquant des manifestations surprises non déclarées aux aurores, dérangeant toute le monde et obligeant les poulets et le préfet à se lever plus tôt que d'habitude. Maintenir l'ordre en laissant un peu de mou sur la bride est tout un art et le Service Départemental du Renseignement Territorial[9] était à la manœuvre.

Amanda Piochet était postée dans un véhicule banalisé, un peu à l'écart, sur les cours devant le bâtiment principal du Conseil Départemental de l'Allier.

[9]   Le SDRT a remplacé les Renseignements Généraux.

Elle rongeait son frein, mécontente d'avoir été contrainte de venir sur place alors qu'elle estimait, en tant que personnel judiciaire, qu'elle n'avait rien à faire sur une manifestation. Pour elle, c'était un travail strictement dévolu aux collègues de voie publique et elle se montait la tête, ronchonnant de plus en plus fort toute seule dans l'habitacle du véhicule administratif.

Une délégation des agriculteurs était maintenant reçue en préfecture par le Directeur de Cabinet du Préfet et en attendant la sortie de leurs délégués, les syndicalistes agricoles maintenaient la chaleur de l'ambiance par un discours enflammé portant sur les difficultés des bounoumes en général et celles des éleveurs ovins de l'Allier en particulier. Un des manifestants particulièrement excité, ayant déjà consommé plusieurs apéritifs, soutenu par la présence de ses camarades, eu l'audace de sortir une bombe de peinture et de dessiner sur le mur de la Préfecture un slogan en lettres géantes « agriculteurs de l'allier en colère ».

Le fonctionnaire des Renseignements Territoriaux présent au milieu des manifestants, agriculteur à temps partiel lui-même, remarqua la dégradation et la signala aussitôt au Capitaine Blondin, en précisant qu'il connaissait l'auteur des faits, qui pourrait être interrogé plus tard, le moment n'étant pour le moins pas propice à une interpellation. Blondin était d'accord, inutile d'exciter les manifestants. On connaissait l'identité de l'auteur des faits, il serait donc convoqué ultérieurement, à froid, pour s'expliquer et répondre de ses actes.

Mais le méfait avait eu lieu sous les yeux ébahis de Bourriquette, qui analysa différemment la situation. Pour elle, le fait de projeter de la peinture sur le mur de la Préfecture était une dégradation de bien d'utilité publique, ce qui constituait un délit. Cette infraction se commettait sous ses yeux, elle était donc en flagrant délit et elle savait pertinemment que tout policier est tenu de faire cesser l'infraction quand il la constate et doit intervenir. D'ailleurs, elle était là pour ça n'est-ce-pas ? Le Capitaine lui avait clairement décrit sa mission comme étant « La constatation des infractions éventuellement commises par les manifestants et le traitement judiciaire du dossier. »

Elle devait donc prendre en charge sans tarder cette affaire, sinon cela lui serait reproché bien sûr. Le fait qu'on l'ait obligée à revenir le samedi pour assister à cette manifestation l'avait rendue maussade et irritable et la perspective de passer ses nerfs sur un bounoume primaire et alcoolique était séduisante, c'était son heure de gloire et elle fonça.

Il y avait une part de calcul dans sa décision, car elle voulait montrer qu'elle n'avait pas peur des manifestants, qu'elle méritait son poste en investigation et au pire, si elle était prise à parti, elle comptait sur son sexe et son physique pour échapper à toute violence. Elle pensait, à tort d'ailleurs, que les paysans, êtres primaires par nature selon elle, respectaient plus les femmes que les citadins. Elle les imaginait attardés socialement et de ce fait plus respectueux de la femelle reproductrice, restés confinés dans les usages d'avant guerre, la galanterie, ce genre de choses. Elle oubliait simplement que les campagnes ont été largement rattrapées par la modernité, au moins pour ses mauvais aspects et d'autre part que les agriculteurs présents étaient pour la plupart bien alcoolisés et avaient au passage perdu une bonne part de leur supposée galanterie, tout au moins pour ceux qui prétendaient exercer cette remarquable tradition française.

Amanda sortit de sa voiture banalisée comme un diable à ressort de sa boîte et elle trottina en direction du tagueur qui, son méfait accompli, encore tout bouffi d'orgueil d'avoir accompli quelque chose, revenait vers ses camarades agglutinés devant la porte principale de la Préfecture. Elle le rattrapa à quelques pas du peloton et lui agrippa les bras par derrière, d'abord le droit, elle claqua la menotte sur son poignet par surprise, puis elle ramena le bras gauche en arrière pour verrouiller la seconde partie de sa paire de pinces.[10] Mais la main au bout de ce bras-là tenait encore l'objet du délit, c'est-à-dire la bombe de peinture rouge vif et l'agriculteur, hébété en bonne partie par l'alcool qui avait été sa seule nourriture depuis l'aube, crut qu'un de ses collègues, jaloux, voulait lui emprunter son jouet pour s'amuser aussi.

Le paysan ne l'entendait pas ainsi, car il n'avait jamais tellement prêté ses jouets étant plus petit, ce n'était pas pour commencer une fois adulte. Il retira violemment son bras de l'étreinte de Bourriquette, qui ne s'attendait pas vraiment à de la résistance et elle ne put retenir sa proie. Le demi captif se retourna alors pour voir qui le tarabustait et en voyant une jolie

---

[10] Les pinces sont les menottes en jargon policier.

femelle là où il s'attendait à trouver un mâle disgracieux, il resta pantois. La brigadière tenait toujours sa paire de menottes, dont l'une enserrait le poignet poilu du gros agriculteur, car il était grand et gros, ayant été généreusement nourri aux produits de la ferme durant toute son enfance.

Ni l'une ni l'autre ne savait vraiment quoi faire, mais la première à réagir fut Amanda, car elle n'avait pas consommé d'alcool avant l'action et avait l'esprit plus clair. Déjà au naturel, elle avait une bonne longueur d'avance sur le paysan en matière cognitive, alors imaginez le décalage quand celui-ci avait bu ses trois litres de Saint Pourçain ![11] Elle s'était mis dans la tête d'arrêter ce délinquant et elle ne voulait pas reculer, surtout en présence de son Capitaine, à qui elle trouvait mine de rien un certain charme, même si elle avait choisi une autre voie que l'hétérosexualité, après tout un retour aux sources pouvait toujours s'envisager, au moins temporairement...

La policière saisit le poignet de son vis-à-vis, lui claqua la seconde menotte sur l'avant bras pour bien la fermer et déclara avec emphase : «

—Monsieur, vous êtes placé en position de garde à vue. Je vous énoncerai bientôt vos droits, qui sont de prévenir votre famille ou votre employeur, de voir un avocat et d'être visité par un médecin, mais auparavant je vous confisque cette bombe de peinture avec laquelle vous avez commis le délit de dégradation de bien d'utilité publique et qui sera saisie et placée sous scellé. Je vous ramène au Commissariat, suivez moi ! »

[11] La Saint Pourçain est l'appellation du vignoble Bourbonnais.

Et joignant le geste à la parole, Amanda entraîna derrière elle le paysan abasourdi, trop surpris pour résister ou protester, même quand cette femme surgie de nulle part lui confisqua sa bombe de peinture !

La cinquantaine de manifestants présents quelques pas plus loin n'en revenaient pas non plus, mais quelques uns d'entre eux commençaient à comprendre la situation et se dirigeaient vers Amanda. Blondin n'avait pas le choix, ce n'était pas le moment d'une discussion sur les choix judiciaires et stratégiques et il ne pouvait pas désavouer son Officier de Police Judiciaire en public, il savait que l'administration doit toujours maintenir un front uni face à l'adversité, même si ça n'empêche pas de régler les comptes par la suite. Il déplaça donc sa dizaine de gardiens de la paix en barrage devant la voiture d'Amanda pendant qu'elle faisait monter avec difficulté son prisonnier dans sa voiture.

Bourriquette n'avait pas l'intention de rentrer tout de suite au Commissariat, qui était pourtant à moins de cinq cents mètres, car elle savait qu'il ne faut jamais ramener un prisonnier seul dans sa voiture. Le conducteur était à la merci d'une action violente de son prisonnier et elle était venue seule. Elle prit donc le poste de radio et appela la station directrice pour se faire rejoindre par un équipage, elle n'avait pas encore remarqué la manœuvre de son Officier pour couvrir sa retraite, alors que le gros de la troupe des paysans, comprenant peu à peu qu'on embarquait un des leurs, avançait en direction des policiers.

Blondin envoya un de ses gardiens rejoindre le Brigadier Piochet pour l'aider à emmener son captif au service, puis il fit bravement face à la troupe d'agriculteurs de plus en plus énervés qui lui arrivait dessus. Ils allaient certainement bousculer le petit cordon de policiers, étant cinq fois plus nombreux, puis ouvrir de force la voiture de service et extirper leur camarade des griffes d'Amanda. C'était un avenir simple et de bon ton, après tout si Amanda se faisait un peu chahuter, ça lui apprendrait la vie. Mais il savait que ses hommes ne comprendraient pas qu'on ne défende pas un collègue, encore plus une collègue et ils ne comprendraient pas qu'on laisse relâcher un gardé à vue. Le mal était fait, maintenant il fallait que « force reste à la loi » coûte que coûte.

La mort dans l'âme et sachant qu'il le regretterait, Blondin ordonna de repousser la troupe de manifestants, y compris en gazant. Un gardien sortit la bombe aérosol format familial et arrosa généreusement les bounoumes les plus proches du parfum préféré des Compagnies Républicaines de Sécurité. Les paysans, plus habitués à l'arôme de la merde de mouton ou de la bouse de vache, prisèrent peu cette nouvelle odeur, ils reculèrent devant le nuage toxique et Blondin en profita pour faire replier ses troupes devant la porte de la Préfecture.

La porte massive en métal était un appui sûr, on pouvait la fermer si ça chauffait vraiment et elle semblait invulnérable, en tous cas les paysans ne pourraient pas la forcer à mains nues et Blondin pensait qu'ils n'étaient pas énervés au point d'utiliser leurs engins. Les mettre dans la bataille signifiait aussi risquer de les abîmer, ou pire encourir la confiscation et vu la valeur du moindre engin agricole, ils n'étaient pas prêts à prendre ce risque-là, même alcoolisés. Blondin avait calculé qu'ils attendraient la sortie de la délégation et c'est ce qui se produisit. Bien sûr, entre temps, de nombreux noms d'oiseau leurs furent décernés, mais c'était un prix que Blondin et ses hommes payaient volontiers. Les paysans passèrent ainsi leurs nerfs en les insultant un bon quart d'heure, puis la délégation sortit de la Préfecture.

Elle était composée des représentants syndicaux agricoles, qui ne s'attendaient pas à une telle excitation dehors, d'autant plus qu'ils étaient globalement satisfaits du contact qu'ils avaient eu avec l'autorité préfectorale. Apprenant qu'un des leurs avait été emmené au Commissariat, ils décidèrent derechef de s'y rendre aussi. c'est ainsi que la manifestation, qui traditionnellement se dispersait peu après la sortie de la délégation de l'Hôtel Préfectoral, se rendit en cortège à l'Hôtel de Police voisin pour commencer à crier des slogans hostiles sous les fenêtres du bureau du Commissaire.

Heureusement, ce dernier était absent puisque nous étions samedi et que seul un effectif réduit, en dehors de celui qui avait été mobilisé spécialement pour gérer la manifestation, restait en service. Le Capitaine Blondin observait désespérément les paysans empiler des pneumatiques usagés devant la porte principale d'entrée du service, il ne pouvait pas laisser allumer un feu sur cette esplanade toute neuve, les pierres de parement seraient noircies en peu de temps et les dégâts considérables. Il décida donc d'une sortie et fonça à la tête de sa dizaine de collègues pour faire reculer les fauteurs d'incendie.

Aussitôt les paysans repoussés et les pneumatiques ramenés à l'intérieur du Commissariat, le Capitaine se renseigna par téléphone auprès de son collègue du Renseignement Territorial Jean-Luc Lauberge : «

—Jean-Luc, c'est Lucas Blondin, dis-moi, tes potes, ils vont lever le camp à un moment donné ou bien il va falloir passer la nuit là ?
—Ne m'en parle pas ! C'est qui cette idiote ? Il ne fallait surtout pas l'interpeller, l'artiste ! Maintenant ils ne partiront pas tant que leur copain ne sera pas dehors, c'est sûr !
—Bof, je leur ai enlevé leurs pneus au moins, ils ne risquent plus de pourrir l'esplanade devant le Commissariat.
—Tu parles ! L'un d'entre eux est parti chercher des autres pneus avec son tracteur, il est sur Neuvy, tu peux être sûr que dans une demi-heure il sera là, avec une nouvelle cargaison de pneus, tu vas voir ! Ils se mettront un peu plus serrés et plus nombreux et ils mettront le feu, je te le dis-moi, certains parlent même de venir avec une pelle mécanique pour mettre le feu à un tas de débris, puis le pousser contre la porte. Elle va être belle la porte vitrée !
—Fais leur passer le message qu'on est désolé, que c'est un électron libre cette nana et que je vais tout faire pour que leur collègue sorte vite d'ici.

—Oui, je vais leur dire, mais ne tarde pas trop si tu ne veux pas voir un beau feu sur ton esplanade.

—Je vais aller voir, je te tiens au courant ! »

Blondin commença par téléphoner au Commissaire d'astreinte départementale pour réclamer du renfort de Vichy et Montluçon, mais il savait qu'au mieux les premiers renforts n'arriveraient pas avant une heure, vu les délais de route. Ensuite il appela le Procureur de la République de Moulins et lui expliqua la situation. Le magistrat était déjà au courant de la garde à vue du paysan et il avait donné comme instructions à Amanda Piochet de notifier ses droits au mis en cause, puis de procéder à son audition et de lui rendre compte à l'issue de ces opérations. Il renâcla un peu, mais finit par se rendre aux arguments de l'Officier de Police et accepta d'ordonner la remise en liberté immédiatc du mis en cause, même sans qu'aucune audition n'ait été enregistrée.

Blondin se hâta d'établir le procès-verbal d'avis au parquet précisant cette décision et le porta à Amanda Piochet, qui s'apprêtait à procéder à l'audition de son prisonnier après lui avoir notifié ses droits. Elle était stupéfaite et mécontente qu'on lui enlève ainsi sa proie, mais elle dut s'incliner et commença aussitôt à rédiger le procès-verbal de fin de garde à vue, sésame indispensable à l'élargissement de l'intéressé. Dix minutes plus tard, le Capitaine faisait remettre en liberté le paysan au milieu de ses camarades qui l'ovationnèrent, proférèrent encore quelques insultes, mais finirent par lever le camp et libérer l'esplanade du Commissariat.

Le Capitaine n'avait plus qu'à relater tout cela aux autorités, mais il pensa que le maintien de l'ordre n'était quand même pas une science de tout repos ! Il reçut d'ailleurs à la fois un message de félicitations de la Préfecture, qui avait apprécié le message de fermeté inhabituel envoyé aux manifestants en interpellant un des leurs, mais qui regrettait la libération rapide du mis en cause, puis un message de mécontentement du Commissaire d'astreinte, qui déplorait l'initiative malheureuse de Bourriquette, tout en reconnaissant que la libération rapide du tagueur avait permis de calmer la situation.

Entamer une guerre avec les paysans était toujours un pari risqué, car c'était une population têtue et dont certains éléments pouvaient se montrer jusqu'au-boutiste et surtout qui disposait d'une importante flotte de matériels agricoles susceptibles de causer des ennuis aux forces de l'ordre. Les gendarmes se gardaient bien de provoquer l'ire des bounoumes et les poussaient toujours à manifester leur mécontentement à la Préfecture du Département, qui se trouvait en zone police. Puisque le paysan qui avait sali le mur de la Préfecture habitait en zone gendarmerie, Blondin se dépêcha de transmettre le dossier aux pandores[12]. Il savait que les militaires interrogeraient avec bienveillance l'artiste et s'arrangeraient pour faire un compte-rendu au parquet minimisant les faits, pour que le paysan bénéficie d'une indulgence maximum. Il écoperait probablement d'un avertissement ou d'un rappel à la loi et les gendarmes se feraient un plaisir de

---

[12] Surnom des gendarmes tiré du film « le roi Pandore » où l'acteur Bourvil chante la célèbre ritournelle « la tactique du gendarme ».

lui expliquer qu'il avait échappé au pire grâce à eux et à leur influence apaisante sur le magistrat.

C'était de bonne guerre et Blondin, bien qu'il n'apprécie pas beaucoup les pandores depuis ses mésaventures avec eux à Bressolles[13], ne souhaitait pas particulièrement conserver le dossier et était assez lucide et juste pour reconnaître qu'à leur place il en aurait probablement fait autant. L'affaire finissait donc bien, mais il avait eu chaud, échappant de peu à une sérieuse confrontation devant le Commissariat, qui aurait pu finir avec des dégâts sur le bâtiment, des blessés de part et d'autre et un climat futur très dégradé. Cet incident aurait pu engendrer des conséquences négatives à long terme et le fonctionnaire du renseignement territorial expliqua longuement à Blondin, qui écouta patiemment pour rester en bons termes avec ce collègue, qu'il ne fallait pas laisser faire ce genre de choses et qu'on ne devait jamais interpeller à chaud un manifestant, sauf événement très grave.

C'était la politique moulinoise du renseignement territorial depuis des années et la hiérarchie avait validé cette option à chaque fois, préférant régler les choses dans le calme et à froid plutôt que de risquer de devoir gérer du maintien de l'ordre violent dont on ne savait jamais comment cela pouvait tourner.

Blondin tenta ensuite d'expliquer toute cela à Amanda Piochet, qui ne voulut rien entendre et poussa l'outrecuidance jusqu'à lui dire qu'elle était la seule à disposer des attributs généralement considérés comme

---

[13] Voir « Meurtres à la maison de retraite » et « Meurtre aux impôts » du même auteur.

l'apanage des mâles, sous entendant que Blondin n'avait pas de couilles. L'Officier pensa aussitôt qu'il se serait fait un plaisir de lui démontrer par l'exemple qu'il était normal de ce côté-là si la demoiselle n'avait pas été domiciliée à Lesbos, mais il ne pouvait lui dire ce genre de choses sans qu'elle ne hurle aussitôt au harcèlement sexuel et il s'abstint.

La mort dans l'âme, Blondin avala cette couleuvre et laissa le Brigadier Piochet penser qu'elle avait bien agi, mais il était profondément vexé et finalement rejeta inconsciemment la faute sur Bubulle, qui lui avait fait faux bond et qui était la cause première de sa présence sur ce service d'ordre. Il rangea sa colère dans un recoin de son esprit, quitte à la ressortir plus tard, non pas que Blondin soit un adepte de la vengeance tardive ou un individu très rancunier, mais il n'oubliait quand même pas facilement une offense, surtout quand il estimait avoir été injustement traité.

Il ne pouvait guère en vouloir à Amanda pour son manque de diplomatie et de discernement, car dans la discussion elle avait employé des arguments forts pertinents, qui faisaient mouche chez Blondin, comme le fait que la Préfecture affichait une sévérité de façade, pourvu qu'aucun risque de dérapage ou de suites fâcheuses ne soit encouru. De même, les discours passionnés sur la pollution automobile ou bien les cheminées et poêles à bois pollueurs devenaient caducs devant la fumée noire et grasse des pneumatiques et des palettes sacrifiés dans les flammes par les manifestants. Une seule manifestation de paysans polluait plus que l'ensemble de la population locale pendant toute la semaine, mais on ne pouvait pas le dire pour ne pas stigmatiser cette noble profession, qui possédait un pouvoir de nuisance suffisant pour enseigner la prudence aux préfets.

Blondin savait bien qu'en théorie Amanda avait raison, un délit commis en flagrance devant la police devait être immédiatement puni, c'était la norme dans un monde équilibré et c'est ce que la loi prévoyait. Mais le principe de réalité et les instructions verbales, car non officielles, des autorités supérieures, allaient dans le sens contraire : laisser faire pour éviter tout affrontement, sacrifier le sens de la Justice et la motivation des policiers les plus psychorigides pour protéger l'avenir immédiat. Le Capitaine songeait à tout cela en se demandant comment allait réagir lundi son Commissaire, ce serait une belle occasion de savoir ce qu'il valait vraiment au fond de lui.

En creusant sa réflexion, Blondin fit le parallèle avec un documentaire vu sur le petit écran récemment et qui évoquait la période précédant la seconde guerre mondiale. Partis négocier la paix avec le chancelier Adolf Hitler, les plénipotentiaires avaient sacrifié leur honneur et celui de leurs pays en espérant avoir sauvé la paix, la suite avait montré quelle terrible erreur ils avaient commise. A un moindre niveau, Blondin comprit que les petits renoncements quotidiens comme celui auquel il venait de participer finiraient par définitivement saper l'autorité de l'État et que redresser la barre pour revenir en arrière et restaurer un État de droit respecté serait difficile, voire impossible sans user de moyens radicaux, ce qui n'était généralement pas sans risque.

Du coup, le Capitaine décida qu'il ne pouvait décemment pas en vouloir à Amanda et il se demanda même si dans cette histoire il avait bien agi, même si sa hiérarchie allait certainement lui dire le contraire. Après tout l'affaire finissait bien du point de vue préfectoral, pas de blessé, pas de remue-ménage excessif et même pas de couverture médiatique, ce qui aurait été gênant.

Le lundi matin, lors de la réunion des cadres qui avait lieu chaque début de journée, le Commissaire évoqua les événements du samedi : «

—Quelle drôle d'idée a eu cette Brigadière de vouloir interpeller tout de suite le graffiteur ! Je comprends que ça démange quand un délinquant agit sous le nez du policier, mais il faut savoir doser la temporalité et refréner ses ardeurs, il était plus malin de simplement contrôler son identité ou bien de se renseigner auprès du collègue du Renseignement Territorial, qui le connaissait d'ailleurs je crois.
—Oui patron, Jean-Luc Lauberge m'a dit qu'il le connaissait, de toutes façons il connaît tous les bounoumes du Bourbonnais d'ici jusqu'à Bellerive sur Allier et même ceux des Combrailles. Il a réussi à faire passer le message comme quoi Amanda est jeune et fougueuse, avec une dose de plaisanterie et de machisme c'est passé comme une lettre à la poste.
—J'espère qu'il ne s'est pas montré misogyne quand même ? Nous avons une image de défenseur de l'égalité

entre les sexes à défendre, surtout en ce moment, avec tous ces féminicides.

—Bof, vous savez, les bounoumes, ils ne sont pas toujours très fins et honnêtement, la misogynie, c'est un peu leur marque de fabrique, alors ce n'est pas ça qui va les gêner.

—Bon, en tous cas vous avez rattrapé le coup en téléphonant au Procureur, vous avez bien fait et heureusement que le magistrat a été compréhensif ! A l'avenir, tenez à l'œil cette brigadière, je ne veux pas qu'elle nous mette à nouveau en difficulté, vu ?

—Oui patron, je ne vais pas dire que je vais la serrer à la culotte, comme on dit en rugby, parce que vous allez me prévenir contre le harcèlement sexuel, mais je vais surveiller ses actions, soyez en sûr !

—Bien, je compte sur vous Capitaine ! »

Errare humanum est !

Bubulle étant revenu de ses congés bien reposé, il fit illusion quelque temps, mais ne tarda pas à retomber dans ses anciens travers, s'enfermant dans son bureau, passant de nombreuses heures à soigner ses poissons ou simplement à les contempler. Blondin fut de nouveau sollicité par les effectifs, qui ne savaient pas vers qui se tourner et le Capitaine ne pouvait les laisser sans consigne. Il finissait donc toujours par faire le travail de Bubulle, ce qui l'énervait prodigieusement.

Il finit par aller voir Michel Dilpares dans son bureau : il frappa assez fort et ô miracle, la porte s'ouvrit sur un Bubulle souriant et détendu, qui laissa entrer Blondin sans plus de cérémonie. Le chef de la Sûreté Urbaine entama aussitôt les hostilités : «

—Écoute Michel, je veux avoir une vraie conversation avec toi, je ne viens pas pour qu'on se dispute ou qu'on se lance des reproches à la tête, je veux juste comprendre pourquoi tu agis comme tu le fais et qu'est-ce que je peux faire pour améliorer la situation.
—Comment ça ? Qu'est-ce que tu me reproches ?

—Tu ne fais pas ton travail, tu n'es jamais présent pour tes subordonnés, on a l'impression que tu te fous de tout, tu fais le minimum pour ne pas encourir de sanction, et encore c'est parce que le Commissaire actuel est plutôt coulant, mais tu sais très bien que tu ne remplis pas ton rôle.

—Et en quoi ça te regarde ?

—Et bien figure toi que les collègues qui attendent des instructions, des conseils ou une simple décision, c'est vers moi qu'ils se tournent, je suis le seul Officier qui reste puisque Juliette est maintenant en congés jusqu'à sa retraite. Ils n'osent pas aller voir le Commissaire, mais il sait déjà ce qui se passe par les délégués syndicaux et un jour ou l'autre ta carence va finir par l'énerver et tu vas avoir des ennuis. C'est ton problème tu me diras, mais en attendant c'est moi qui fais ton travail et ça me dérange, j'ai assez du mien.

—S'il m'embête, je me mettrai en maladie.

—Oui, et bien ça aussi ça me dérange, déjà que nous ne sommes que deux pour monter les astreintes, je n'ai pas envie d'être tout seul. Je ne te comprends pas.

—J'ai mes raisons.

—Je t'écoute.

—D'accord. En sortie d'école je suis parti sur un poste en région parisienne aux renseignements généraux. J'ai fait cinq ans aux Renseignements Généraux de la Préfecture de Police, puis j'ai eu ma mutation en Seine Maritime, d'où je suis originaire. Mais très vite il y a eu la réforme et je me suis retrouvé au Service Départemental d'Information Générale à Rouen.

—Ah oui, je me rappelle de l'Information Générale, cela avait remplacé les Renseignements Généraux, un crève cœur pour les anciens.

—Je n'étais pas très ancien, mais ça a été un crève-cœur pour moi aussi. J'étais chargé de la surveillance des syndicats, y compris ceux de la Fonction Publique et tout se passait bien. J'étais naïf et je croyais que la police était une grande famille, j'avais trouvé ma voie et je faisais mon travail du mieux que je pouvais. Nous sommes ensuite devenu Renseignement Territorial.

—Jusqu'ici tout va bien.

—Malheureusement ça s'est gâté. J'ai découvert qu'un syndicaliste d'une grosse boîte piochait dans la caisse du comité des fêtes de l'entreprise. Comme il est de coutume, j'ai rédigé une note blanche, tu sais ce que c'est ?

—Oui, une note sans entête et anonyme, pour que la provenance ne puisse pas être établie.

—Je voulais surtout couvrir ma source, qui était un militant du syndicat du mis en cause. Mon Directeur Départemental, un Commissaire Divisionnaire, a voulu savoir qui était ma source quand il a lu ma note blanche, qu'il était sensé faire suivre au parquet pour ouverture d'une enquête judiciaire, c'est comme ça que ça se passe d'habitude. Je lui ai donné le nom de ma source, sans penser à mal.

—Tu as eu tort, il ne faut jamais faire confiance à un Commissaire.

—Maintenant je le sais, mais à l'époque je l'ignorais. Le mien était de la même loge franc-maçonnique que le syndicaliste que je dénonçais. Tu vois la suite : la source a été virée de sa boîte et il s'est fait casser la figure, son syndicat ne l'a pas défendu et l'a même exclu en l'accusant d'être un fasciste. Il a été obligé de quitter la région, car des militants du syndicat, ses anciens potes, rôdaient autour de chez lui pour le provoquer, se battre avec lui ou lui faire des misères. J'ai protesté auprès de ma hiérarchie, qui m'a clairement dit que si je n'étais pas content, je n'avais qu'à démissionner. Mais j'avais déjà trente ans révolus et je ne sais rien faire d'autre, je ne me voyais pas tenter une reconversion, avec le Renseignement Territorial qui se serait chargé de me faire de la mauvaise publicité en plus dans toute la région. Alors j'ai été voir le Directeur et je lui ai retourné son bureau sur la gueule. Il n'a pas voulu de passage en conseil de discipline, sans doute pour éviter de remuer la merde et par peur des éclaboussures, mais il a demandé un article 25, que j'ai accepté et me voilà.

—Mais pourquoi tu fais la gueule ici, nous on ne t'as rien fait ?

—J'en veux à l'administration, elle m'a obligé à quitter ma région, où j'ai toute ma famille, j'ai perdu ma copine au passage, car elle ne voulait pas quitter la côte ouest pour les collines noires.

—Ouais, ça je le comprends.

—Alors je ne vais pas travailler pour une administration pareille, je fais le parasite, je touche ma paie, mais j'en fais le moins possible, c'est tout à fait volontaire. Connaissant l'administration, je peux même rester comme ça jusqu'à ma retraite.

—Oui c'est possible, mais celui que ça embête le plus, c'est moi.

—Désolé, je n'ai rien contre toi, mais c'est comme ça.

—Je ne suis pas d'accord avec ton attitude, mais au moins je comprends mieux. Et les poissons ?

—L'aquariophilie était notre passion commune à ma copine et moi. Depuis qu'elle m'a quitté, je déprime un peu je l'avoue et les poissons m'aident à supporter la situation. Je ne veux pas me mettre en arrêt maladie, je pourrais assez facilement, mais je préfère rester sous le nez de l'administration comme un vivant reproche.

—Bon, merci d'avoir éclairé ma lanterne en tous cas. »

Blondin savait maintenant à quoi s'en tenir, mais en retournant à son bureau il était assez découragé, car Bubulle était un boulet que le Commissariat devrait traîner encore des années, alors que personne ici n'était responsable des malheurs du normand. Il ne savait vraiment pas comment gérer ce problème, car s'il comprenait la réaction de son collègue, et il était bien placé pour savoir que l'injustice est ce qu'il y a de pire à supporter, il n'en restait pas moins la principale victime collatérale de cette situation.

En rentrant dans son bureau, il croisa le Brigadier Chef Michel Gripollini, qui était à la fois son adjoint et ami, qui lui apprit qu'une nommée Esmeralda avait tenté de le joindre. Le Capitaine n'eut pas besoin de chercher longtemps dans sa mémoire pour identifier cette femme, car il ne connaissait qu'une seule prénommée Esmeralda et il en gardait un souvenir vivace, pour avoir couché avec elle.

Esmeralda Gonzales était une cougar, une femme d'une cinquantaine d'années appréciant la jeunesse et experte aux jeux du lit. Elle restait physiquement très consommable et le jeune Capitaine se rappelait avec émotion la dernière nuit passée avec elle. Elle était veuve et Blondin l'avait connue à l'occasion de l'enquête sur le décès de son mari[14]. Le corps de ce dernier avait été retrouvé dans la rivière Allier et très vite des traces de coups portés à la tête avaient

---

[14] Voir « Meurtre à l'hôtel » du même auteur.

transformé l'enquête pour recherche des causes de la mort en enquête criminelle pour homicide volontaire, pour lequel la veuve avait été soupçonnée avant d'être totalement innocentée.

Il faut dire qu'Esmeralda bénéficiait d'un tempérament de feu, principalement localisé dans le bas de son dos et le Capitaine en avait fait les frais, quasiment violé par son aînée, même si par la suite il n'avait eu aucun regret et qu'il avait accordé son consentement a posteriori avec reconnaissance. Mais, si à l'époque Blondin était libre comme l'air, il avait rencontré depuis cela Christine, une jeune infirmière d'une blondeur véritable, avec qui il s'entendait à merveille aussi bien à la verticale qu'à l'horizontale et il entendait rester fidèle à sa compagne du moment. C'est pourquoi il hésita à rappeler la veuve Gonzales, mais il ne savait pas pourquoi elle l'avait contacté et ça pouvait être important, alors il composa finalement son numéro avec un soupir, s'attendant à essuyer une attaque de charme en règle.

Il ne se trompait pas beaucoup. La veuve commença par lui expliquer qu'elle voulait le tenir au courant des suites judiciaires et civiles de l'affaire qui avait motivé le meurtre de son mari. La société Gonzales avait finalement été dédommagée des travaux qu'elle avait effectués dans un hôtel par la société immobilière donneuse d'ordre, qui était insolvable, mais possédait le bâtiment lui-même. Les travaux avaient été ordonnés par une autre société, créée spécialement pour l'occasion et qui devait disparaître à l'issue de l'opération. L'escroquerie était bien montée, mais le

Tribunal avait jugé que le véritable donneur d'ordre était bien la société mère propriétaire de l'hôtel, si bien que le dédommagement avait été réclamé à celle-ci. La société n'avait pas de fonds importants et dut céder son unique bien à la société d'Esmeralda.

L'hôtel une fois rénové tel qu'il était maintenant valait beaucoup plus et Esmeralda venait de signer un compromis de vente à un groupe national d'hôtellerie, si bien que non seulement sa société était sauvée de la faillite, mais elle faisait également un beau bénéfice. La riche cinquantenaire voulait fêter ça avec le Capitaine, si possible le soir même en tête à tête : «

—Allez Lucas, viens me voir ce soir, une pareille nouvelle ça se fête, je te promets que je ne serai pas sage.

—Justement, je voulais te dire qu'il ne fallait vraiment plus compter sur moi pour des petites fêtes au lit, j'ai une amie avec laquelle je m'entends très bien et je ne veux pas lui être infidèle.

—Allons, tu me connais, je sais être discrète, on ne lui dira rien à ta copine.

—Non, tu ne comprends pas, je l'aime et non seulement je ne veux pas lui faire du mal, mais aussi je n'ai pas envie de voir quelqu'un d'autre, je suis désolé.

—Je suis trop vieille pour toi, c'est ça ?

—Écoute, sincèrement, je serais célibataire, je sauterais sur l'occasion et vraiment je t'assure qu'une occasion, tu en es une bonne et tu bats largement bien des jeunettes que j'ai connues. A choisir pour une partie de jambes en l'air, crois-moi, c'est toi que je prendrais en priorité parmi mes ex. Mais là je ne peux pas, je suis amoureux et je ne veux pas faire ça à Christine.

—Vraiment ça me désole, tu es sûr ? J'avais commandé un bon petit repas chez le traiteur, le champagne est au frais et j'avais besoin de toi pour m'expliquer deux ou trois termes juridiques un peu compliqués du jugement.

—Tu viendras me voir au bureau et je me ferai une joie de tout t'expliquer.

—Je vais te dire, aussi, j'ai un peu le cafard, je suis toute seule le soir dans ma grande maison et ça me porte sur les nerfs. Je ne veux pas me mettre avec n'importe qui, un type qui loucherait sur mon argent, tu vois ce que je veux dire...Avec toi, je sais que ton affection est sincère, alors je n'ai vraiment pas envie d'être seule chez moi ce soir.

—Bon, écoute, je vais voir ce que je peux faire.

—Oh, ce serait vraiment bien que tu viennes tu sais, j'en ai très envie, ne me laisse pas toute seule dans la nuit froide et obscure.

—Je te promets que tu ne seras pas seule cette nuit.

—Parfait, viens à vingt heures.

—A vingt heures tu ne seras plus seule.

—A tout à l'heure, bisous ! »

En cours de conversation, Blondin avait eu une idée et il ne lui restait plus qu'à la mettre à exécution. Il retourna voir Bubulle dans son bureau : «

—Michel, tu peux me rendre un service ? Après le week-end que j'ai eu, c'est la moindre des choses.

—Dis toujours, je ne te promets rien, tu sais que je ne veux rien faire pour l'administration.

—Je sais, tu me l'as expliqué et j'ai compris. Je ne dis pas que je t'approuve, mais je te comprends. Mais il s'agit d'un service personnel, quelque chose qui n'a rien à voir avec l'administration. Voilà, j'ai une copine, une veuve, qui m'a invité à passer la voir ce soir, boire l'apéritif, il y en a pour dix minutes maximum. Elle a reçu copie d'un jugement concernant une affaire où elle était victime et elle ne comprend pas certains termes juridiques selon elle, elle voulait que je passe lui expliquer. Mais ce soir je suis pris, ma copine veut qu'on aille au cinéma, la séance de vingt heures. Or la veuve m'a demandé de passer à vingt heures, ce que je ne pourrai pas faire. Tu ne pourrais pas y aller ?
—Quoi ? Il faut que je fasse quoi ?
—Tu vas la voir ce soir à vingt heures, elle te paie l'apéritif et tu lui expliques quelques termes juridiques, ce n'est ni compliqué ni difficile, mais ça me rendrait bien service, je te revaudrais ça. Voilà un papier avec l'adresse, elle s'appelle Esmeralda Gonzales.
—Bon, je veux bien, je n'ai rien de prévu ce soir et il n'y a rien à la télévision qui m'intéresse, j'espère qu'elle est sympathique ta gonzesse.
—Oui, elle est gentille, je pense que tu la trouveras sympathique ne t'inquiètes pas. »

Le piège était amorcé et Blondin comptait bien faire d'une pierre deux coups. Il évitait de vexer Esmeralda en la laissant seule avec son cafard ce soir et il se doutait bien que la fougueuse cougar n'allait faire qu'une bouchée du pauvre Bubulle. Avec un peu de chance, cela le guérirait de sa dépression et il pourrait travailler un peu plus, de toutes façons moins ce n'était pas possible.

Le facétieux capitaine était impatient de connaître les résultats de sa petite manœuvre et il en toucha deux mots le soir même à Christine, qui pouffa de rire à l'idée de Bubulle agressé sexuellement par Esmeralda. Elle ne la connaissait pas, mais elle avait rencontré Michel Dilpares en venant retrouver son amoureux au bureau un midi et elle lui avait trouvé un air fatigué et mou, qui ne faisait pas penser du tout à un étalon en pleine forme. Elle paria donc avec Lucas que Bubulle, malgré tous les efforts et les ruses de la cougar, saurait échapper au piège qui lui était tendu et ne sombrerait pas dans le stupre et la fornication : «

—Ton collègue, ce n'est pas Bubulle qu'il faudrait le surnommer, mais Momolle, je suis sûr que tous les efforts de ta veuve joyeuse ne pourront rien durcir chez lui, mou il est et mou il restera, dans tous les parties de son individu. C'est un état d'esprit la mollesse.
—Tu sous-estimes Esmeralda, elle connaît des trucs et des astuces, des ruses félines que ne connaissent que les cougars, elle va te le retourner comme une crêpe et le transformer en bête de sexe, je suis prêt à le jurer.
—Tu as l'air sûr de toi, c'est vrai que tu as testé la chose.
—C'est bien pour ça que je sais que nul ne peut résister à cette furie sexuelle, il va passer à la casserole je te dis et il en redemandera à la fin.
—Tu excites ma curiosité, qu'est-ce qu'elle sait faire de si spécial ta veuve ?
—Je vais te montrer[15]. »

____

[15] La suite n'est pas racontable dans ce type d'ouvrage, veuillez acquérir de la littérature spécialisée si vous voulez en savoir plus.

Le lendemain matin, un peu fatigué par sa démonstration et les suites qu'elle avait engendrées, Lucas Blondin se rendit au bureau avec une certaine impatience, il se rendit aussitôt dans le bureau de Bubulle et frappa, mais en vain : le chef des unités de voie publique n'était pas encore arrivé. Le Capitaine monta à son bureau et entama sa journée, oubliant bientôt son collègue et ses turpitudes devant la charge de travail qui l'attendait.

Vers dix heures il n'y tint plus et téléphona à Michel Dilpares, mais le téléphone sonnait dans le vide. Il recommença tous les quarts d'heure, un peu inquiet, après tout il se sentirait fautif si jamais il était arrivé quelque chose de fâcheux à son collègue. Vers onze heures, enfin, Bubulle répondit : «

—Ah ! Tu es arrivé quand même !
—Oui, je suis arrivé il y a cinq minutes, j'ai eu une panne d'oreiller, une vraie !
—Eu...et ça s'est bien passé hier soir avec Esmeralda ?
—Non, ça ne s'est pas bien passé, c'est pour ça que je me suis levé tard, cette femme est possédée du démon.
—Comment ça ? Tu m'inquiètes !
—Hier soir je suis allé chez elle comme tu me l'avais demandé. Elle a semblé surprise que ce ne soit pas toi qui venait la renseigner, puis elle m'a regardé et elle a dit « Je suppose que ça ira ! » avec un regard de prédateur comme je n'en ai vu qu'une fois.
—Ah bon ! Où ça ?
—Au parc zoologique à côté de chez mes parents, il y avait un vieux tigre qui regardait les visiteurs avec nostalgie, comme s'il regrettait l'époque où il chassait sa

nourriture, il avait ce regard affamé, en manque comme un drogué, mais rempli de gourmandise aussi. Esmeralda avait ce regard-là, sauf qu'elle choisissait sa proie en fait.

—Ah ! Et alors ?

—Elle m'a payé un apéritif, il fallait voir la dose de porto qu'elle m'a servi, avec ça tu pouvais noyer ton chagrin, pas de doute. J'ai commencé à parler de choses et d'autres et elle a apporté le courrier juridique à éclaircir. Elle est venue s'asseoir à côté de moi, soit-disant parce que c'était écrit petit. Elle a posé le dossier à côté et elle a pris les choses en main, tu vois ce que je veux dire ?

—Oh oui, je connais Esmeralda.

—Je n'ai pas eu mon mot à dire, elle m'a carrément sauté au paf ! J'ai pourtant essayé de résister, mais il faut dire que je n'avais pas approché une femme depuis plusieurs mois, alors la nature a repris le dessus tu vois. Je me suis dit que tu l'avais fait exprès, j'avais raison ?

—Oui je l'avoue, à la fois pour me débarrasser d'Esmeralda, mais aussi parce que j'ai pensé que tu en avais besoin.

—Bon, là, je dois dire que tu avais raison. J'ai du perdre une dizaine de kilogrammes dans la nuit.

—Et alors, vous êtes allés du canapé au lit ?

—Oui, je ne me rappelle pas des détails, j'avais l'impression d'être au cœur d'une tornade.

—Et tu es resté toute la nuit je parie ?

—Je sors de chez elle, quelle femme !

—Oui, c'est un tempérament, n'est-ce-pas ?

—Oui, elle ce n'est pas le feu qu'elle a au derrière, c'est carrément un volcan, une étoile, une fournaise infernale ! C'est pour ça que je parlais de possession démoniaque tout à l'heure, on peut dire que le démon de l'amour l'habite.

—Raconte-moi ça !

—Non, quand même pas, c'est personnel. Mais je la revois ce soir, ça ne te dérange pas ?

—Pas le moins du monde, ça te changera des poissons, non ?

—Oui, les poissons c'est bien gentil, mais il est temps que je passe à autre chose, que je tourne la page. Je me rends compte que j'ai perdu du temps au lieu de profiter de la vie, je vais me rattraper crois-moi !

—Je suis content pour toi, à plus tard ! »

Blondin souriait aux anges en raccrochant, il était conscient d'avoir fait une bonne action et il espérait que son collègue, maintenant qu'il avait repris goût à la vie, reprendrait en même temps goût au travail et qu'il profiterait indirectement du bonheur de Bubulle.

Il avait à peine repris son travail de correction des procédures que son téléphone sonnait : «

—Allo ?

—C'est Esmeralda Gonzales, bonjour lâcheur !

—Bonjour Esmeralda. Je n'ai rien lâché du tout, je t'avais promis que tu ne serais pas seule et ça n'a pas été le cas, n'est-ce-pas ?

—Ouais, tu m'as envoyé un de tes collègues en espérant que je m'en contentes, tu me prends pour qui ?

—Pourquoi, il n'a pas fait l'affaire ?

—Si, ça va, un peu long à chauffer, mais ensuite il a été très correct, avec une bonne endurance, des prestations dans la moyenne supérieure, il y a un gros point positif chez lui, c'est l'enthousiasme, on voit qu'il aime ce qu'il fait. Et puis il a un côté naïf, comme un puceau qui découvrirait les choses.

—Tu sais, ce que je t'ai dit sur ma copine et le fait que je ne voulais plus qu'on se voie, sauf en amis, mais juste en amis, c'est la vérité. C'est pour ça que je t'ai envoyé Michel, il avait plus besoin de te voir que moi. Je ne crois pas que ce soit un vilain garçon, il a bon fond, mais il a eu des ennuis et ça va lui faire du bien de se changer les idées.

—Je ne suis pas psychiatre je te préviens. A la limite sexothérapeuthe je veux bien, j'ai même été reçue à l'oral, hé hé !

—Tes soins suffiront, pas besoin de passer le doctorat de médecine. Il n'a pas besoin d'autre chose qu'un peu de tendresse et d'amour ce garçon.

—Je vais m'en occuper, je ne sais pas combien de temps ça va durer, alors je vais en profiter un peu. Je vais être aux petits soins pour lui ne t'en fais pas.

—Tu as bien raison, il n'y a pas de mal à se faire du bien, surtout que vous êtes libres tous les deux.

—Très bien, je t'appelais pour te rassurer, la soirée s'est bien passée.

—J'avais compris, à bientôt Esmeralda.

—A bientôt mon petit coq. »

Blondin reprit son travail en sifflotant, content de lui et de sa bonne action. Il était si satisfait qu'il survola les procédures qu'il transmettait, sans les relire attentivement comme il avait l'habitude de le faire quand le signataire s'appelait Amanda Piochet. Il avait dans son service deux sortes d'enquêteurs : ceux dont il savait les procédures bien léchées, rédigées remarquablement et où il ne manquait rien, il faisait toute confiance au rédacteur et les relisait à peine avant de signer la transmission au parquet. Mais il y avait aussi l'autre sorte de fonctionnaires, ceux qui étaient capables à tout moment de faire la grosse bourde, l'oubli ou l'erreur de procédure qui ferait foirer un dossier crucial. Les dossiers de ceux-là devaient être relus avec attention et il vérifiait tout, et plusieurs fois, avant de signer la transmission.

Il savait qui il plaçait dans l'un ou l'autre groupe et il ne faisait pas grande confiance à Amanda Piochet, qui faisait clairement partie du second type d'enquêteurs. Mais tout content du succès de sa manœuvre avec Michel et Esmeralda, il ne vérifia pas les écrits de Bourriquette aussi soigneusement qu'il l'aurait du. Le résultat ne se fit pas attendre et dès le surlendemain le Procureur le contactait par téléphone : «

—Dites-moi Capitaine Blondin, le Brigadier Amanda Piochet, c'est bien chez vous ?
—Oui monsieur le Procureur, c'est une jeune Officier de Police Judiciaire, vous savez, celle qui a arrêté le paysan graphiste devant la préfecture.
—Ah oui ! Je me rappelle. Et bien elle a de nouveau fait des siennes, mais là, vous n'avez pas réparé ses erreurs.
—Comment ça ?
—J'ai sous les yeux une procédure de vol avec effraction qui a été transmise, sous votre signature. Cette procédure ne comprend aucune enquête de voisinage et aucune vérification des magasins de revente d'objets mobiliers. Pourtant, dans ce genre

d'affaires, ça se fait, surtout quand des objets caractéristiques ont été dérobés.

—Euh oui, c'est l'usage, ça n'a pas été fait cette fois-ci ?

—Et bien non ! Vous avez signé la transmission, vous devriez le savoir ! Ou alors vous signez les procédures sans les relire ! La victime signale le vol d'une pendule précieuse portant une statuette dorée de cochon d'inde, c'est une œuvre d'art signée de Georges Henri Laurent[16], elle est caractéristique de cet artiste et assez rare.

—Oui, et alors ?

—Alors cette pendule est en vente dans un magasin d'antiquités du centre-ville ! C'est le voisin de la victime qui lui a signalé avoir vu la même pendule que chez lui en vitrine ! Si vous aviez vérifié les antiquaires ou simplement effectué une enquête de voisinage, vous auriez retrouvé tout de suite la pendule !

—C'est une bourde, mais ce n'est pas grave, nous allons chercher cet objet chez le revendeur et il aura noté, comme c'est obligatoire de le faire, le nom du vendeur.

—Le propriétaire est allé voir dans la boutique et la pendule avait déjà été revendue, à des touristes néerlandais de passage, qui ont payé en espèces, si bien qu'on ne connaît ni leur identité ni leur adresse. La victime est furieuse, vous allez en entendre parler. Faites relever le nom de celui qui a amené la pendule à l'antiquaire et dépêchez-vous de finir cette enquête comme elle aurait du être menée ! »

Blondin était consterné, car c'était une belle bêtise que Bourriquette avait commise en négligeant les fondamentaux de l'enquête sur un cambriolage. Il lui demanda des explications, mais elle se contenta de répondre qu'elle était très prise par son enquête en cours

---

[16] Sculpteur du début du 20eme siècle connu pour ses bronzes animaliers.

sur la pollution des puits à Yzeure et qu'elle avait voulu gagner du temps, pensant que le cambriolage avait été commis par des voleurs de passage, qui emmèneraient au loin leur butin et qu'il n'était pas la peine de vérifier localement si la pendule était en vente. Elle avait péché par négligence et Blondin avait validé cette erreur en transmettant la procédure, il s'en mordait les doigts, mais c'était trop tard.

Le vendeur de la pendule à l'antiquaire était un autochtone, bien connu pour son addiction aux stupéfiants et après son arrestation et son placement en garde à vue, il reconnut les faits. La perquisition à son domicile permit de retrouver une partie des objets volés et un peu d'herbe qui fait rire, mais la pendule au cochon d'inde avait définitivement disparu. L'assurance indemnisa la victime, qui se contenta de la somme malgré la perte subie, car chacun sait que les assurances ne remboursent jamais totalement le préjudice réel, d'autant plus en matière d'œuvre d'art.

Le propriétaire avait acheté la pendule vingt ans auparavant, bien en dessous de sa valeur actuelle et l'assurance se basa sur le prix d'achat, augmenté de l'inflation pour calmer la fureur de son client, pour calculer l'indemnisation. Mais il semblait que la valeur réelle et actuelle de l'objet était plus proche du double de la somme finale, ce dont l'assurance ne voulut rien savoir. Cette affaire laissa à Blondin une réputation de paresseux et de négligent auprès du Procureur et il eut par la suite le plus grand mal à le faire changer d'opinion, les magistrats étant par nature des gens têtus et peu compréhensifs envers les policiers.

Blondin aurait du tenir compte de cet avertissement, mais il le prit un peu trop à la légère, aveuglé par les bons moments qu'il passait avec Christine, distrait par le développement inattendu de l'idylle entre Esmeralda et Bubulle, qui ne se quittaient plus. Michel Dilpares négligeait ses poissons et avait emménagé chez la veuve joyeuse, qui le chouchoutait comme un coq en pâte, le nourrissant de spécialités locales bien roboratives pour qu'il soit en pleine forme et ne perde pas trop de poids avec tout l'exercice qu'elle lui imposait.

Bubulle n'en faisait pas plus qu'avant au bureau, mais il avait maintenant une bonne excuse, car des cernes noircissaient sa face amaigrie, montrant qu'il manquait de sommeil. Il avoua à Blondin qu'Esmeralda ne lui laissait aucun répit, rejouant tous les soirs la chevauchée fantastique avec un seul étalon. Blondin lui rétorqua qu'il n'était pas obligé de se laisser faire, mais Bubulle se contenta de répondre : « Mais je l'aime !» Tout était dit.

Dîner de cougar.

Les choses n'avaient donc pas entièrement tourné à l'avantage de Blondin, mais il avait assez de motifs de satisfaction avec Christine pour considérer que la période était quand même faste. Il avait même tendance à se laisser aller un peu, après tout l'exemple de Bubulle, qui ne travaillait pas plus qu'avant, mais qui au moins avait une bonne raison pour se prétendre fatigué, était contagieux. Ce mauvais exemple contaminait sournoisement tous les fonctionnaires du Commissariat, à l'exception notable de ceux qui ne faisaient déjà pas grand chose avant l'arrivée du Capitaine Dilpares : ceux-là ne pouvaient pas en faire moins, mais ils avaient le culot de protester en voyant les habituels stakhanovistes[17] lever un peu le pied.

Le Capitaine s'était cependant promis de faire particulièrement attention à la relecture des dossiers transmis par Bourriquette, ne voulant pas commettre deux fois la même erreur. Mais la torpeur générale qui envahissait le service, le dédain de plus en plus marqué par tous pour l'autorité, l'attitude équivoque du

---

[17] Terme provenant de l'exploit d'Aleksei Stakhanov, mineur soviétique ayant extrait 102 tonnes de charbon en six heures en 1935, désigne une personne largement plus travailleuse et productive que la moyenne.

Commissaire, qui ne réagissait pas, tout cela concourrait à endormir la vigilance de Lucas Blondin, qui lassa passer une autre boulette végétale de la Brigadière végane. Il ne savait pas que le Commissaire avait reçu des consignes nationales pour être coulant avec la discipline, cette attitude devant durer le temps de certaines négociations avec les syndicats et c'est pourquoi il crut que tout partait à vau l'eau.

Amanda avait transmis d'un seul coup une dizaine de gros dossiers. En effet, elle les avait clôturés depuis un bon moment, mais elle n'avait pas apposé les tampons et avait réservé une matinée pour ce travail de finition répétitif et un peu ennuyeux. Elle tamponna donc ses dossiers et emporta toute la pile en une fois dans le bureau de son Capitaine, faisant déborder la bannette prévue à cet effet. Il était plus de onze heures quand elle apporta sa pile de dossiers et Blondin commença immédiatement à les consulter. Ils semblaient tous bien rédigés, en ordre, rien ne manquait et midi approchait sournoisement. Blondin devait déjeuner avec Christine à midi tapante, mais il ne voulait pas laisser un seul dossier dans la bannette en partant, alors il commit l'erreur fatale de bâcler la lecture de la dernière procédure transmise par Amanda, rassuré par l'excellente qualité de ce qu'il avait vu avant.

Il faut reconnaître qu'Amanda, depuis son erreur avec le cambriolage et l'explication de gravure qui avait suivi, avait fait de méritoires efforts pour s'améliorer. Elle demandait aux autres quand elle ne savait pas, elle vérifiait sur un canevas type si elle n'avait rien oublié et elle relisait soigneusement ses procès-verbaux, Mais la dernière procédure qu'elle transmit était un dossier plus ancien, qu'elle avait laissé de côté quelque temps, car elle le savait pourri. Elle devait entendre une vieille dame dont les enfants craignaient qu'elle se fasse voler son argent par la femme de ménage.

Amanda avait laissé traîner le dossier et quand elle avait senti par un obscur pressentiment qu'elle devait faire quelque chose, elle avait appris le décès de la victime. Elle avait alors transmis le dossier en espérant que personne ne s'apercevrait qu'un délai de plus de trois mois s'était écoulé sans qu'aucun acte n'ait été rédigé. Elle n'avait pas osé reprendre contact avec les enfants, craignant qu'ils ne fustigent sa lenteur et elle n'avait pas non plus rédigé de réquisition aux fins de vérifier le compte bancaire de la vieille dame.

Malheureusement la femme de ménage était bien une voleuse et elle avait accès au chéquier de sa patronne. Elle avait fait signer des chèques en blanc à l'ancêtre et vidé le compte en banque avec des chèques antidatés pour un butin de près de cent mille euros. Le notaire chargé de la succession remarqua les écritures bancaires faisant état, en quelques jours avant le décès, d'une vidange quasi complète du compte bancaire et il sonna le tocsin auprès des héritiers. Ces derniers eurent beau jeu de réclamer l'état d'avancement de la plainte qu'ils avaient déposée et quand le parquet répondit qu'elle avait été transmise en vaines recherches, leur avocat se rendit au Tribunal Judiciaire et obtint un rendez-vous avec le Procureur.

Au sortir de son rendez-vous, l'avocat savait à quoi s'en tenir, mais étant un de ces rares avocats qui ne sont pas en guerre perpétuellement contre la police, il ne dit rien aux héritiers, leur expliquant simplement qu'il avait relancé la plainte, bloquée à cause d'une erreur administrative. Le Procureur de la République, quant à lui, téléphona à Blondin et lui passa un savon qui, s'il n'était pas de Marseille, piquait quand même un peu les yeux. Avec ce procureur-là c'était la seconde fois qu'il se prenait une sévère avoinée verbale et le Capitaine n'apprécia pas du tout, mais il devait bien reconnaître qu'il avait merdé. Il n'alla pas voir Amanda, car il estimait être autant coupable qu'elle, de par sa négligence lors de la transmission du dossier, mais il se jura qu'il n'y aurait pas de troisième engueulade, au moins à cause d'elle.

L'occasion d'exercer sa vigilance se présenta dès le lendemain matin. En effet, Amanda vint le trouver dans son bureau pour lui demander conseil, fait assez rare pour intriguer l'Officier : «

—Capitaine, je voudrais savoir comment on peut faire pour déterminer quels sont les puits qui communiquent dans un rayon donné.
—Euh...On parle ici de puits qui donnent sur la nappe phréatique, c'est ça ?
—Oui, c'est ça je suppose, je veux dire que l'eau des puits provient bien d'une même nappe, non ?
—Pas forcément, je ne suis pas hydrologue, mais il me semble que certains puits peuvent être alimentés par des sources souterraines indépendantes, d'autres par des

poches d'eau indépendantes et d'autres enfin par la nappe phréatique.

—Et comment je peux savoir comment tel puits est alimenté ?

—Je ne sais pas, la gestion des ressources hydrologiques est du ressort du Conseil Départemental il me semble, c'est là qu'il faut s'adresser.

—D'accord, merci Capitaine. »

Aussitôt Amanda sortie de son bureau, Lucas Blondin se mordit les lèvres et regrettait déjà de ne pas avoir approfondi les motifs de la question qu'elle lui avait posée. Il avait appris à ses dépens que toute bizarrerie ou toute chose étrange en provenance de Bourriquette pouvait signifier des ennuis. Il hésita quelques instants, mais finit par se lever de son fauteuil en soupirant pour se rendre dans le bureau de sa subordonnée, il comptait bien éclaircir le mystère. Mais La Brigadière était sortie de son bureau et quand il demanda à Michel Gripollini s'il savait où elle se trouvait, il lui répondit qu'il n'en savait rien. Il renonça à élucider l'énigme, après tout son histoire de puits ne pouvait pas aller bien loin.

Blondin passa une soirée délicieuse avec sa petite infirmière et ils se rendirent ensemble dîner dans un restaurant chinois route de Lyon à Moulins pour profiter du buffet bien garni avant d'aller se faire une toile au complexe cinématographique situé à côté de la gare. Au restaurant il eut la surprise de rencontrer Bubulle et Esmeralda, attablés tous les deux devant un plat de crevettes sauce piquante. La veuve donnait la becquée à l'Officier en décortiquant ses crevettes et en lui portant à la bouche, alors qu'il lui murmurait des choses qui devaient être aussi tendres que l'expression de son visage. Les yeux du normand pissaient l'amour et tout dans son attitude exprimait l'adoration qu'il entretenait pour sa dulcinée.

Un peu gêné par cette scène, alors que les deux protagonistes n'avaient plus l'âge de se comporter comme des tourtereaux, Blondin se rappela qu'il était parfois un peu gamin avec Christine et il décida qu'il n'avait pas le droit de juger le couple. Après tout, Bubulle était un brave garçon, un peu emprunté, qui avait retrouvé l'amour chez une cougar assoiffée de sexe, qui était exactement la maîtresse expérimentée et ardente qu'il lui fallait. Esmeralda avait perdu son mari et risqué la faillite, elle savait qu'il ne lui restait guère plus que quelques années pour profiter des plaisirs de l'amour et elle comptait bien n'en perdre aucune minute, et avec un plus jeune qu'elle c'était encore mieux. Elle assumait son côté félin et gourmand avec fierté et sans aucune honte ; c'était une femme exceptionnelle, et pas seulement au lit.

Christine ne croyait connaître ni Bubulle ni Esmeralda, mais elle remarqua que son amoureux regardait fixement ce couple et elle finit par le questionner à ce sujet. Le Capitaine expliqua qu'il s'agissait de son collègue chargé des unités en tenue, qu'elle avait pourtant déjà vu, mais en uniforme et au Commissariat. Le changement de contexte et de tenue changeait la perception des gens, ce qui expliquait qu'elle ne l'avait pas reconnu. Puis il s'arrêta net dans ses explications, car il ne voulait pas mentir à son amoureuse et il ne savait pas comment tourner sa phrase. C'est Christine qui le tira l'affaire : «

—Il a l'air très amoureux de cette femme en face de lui, alors qu'elle semble un peu plus âgée que lui, je trouve ça sympathique, tu la connais ? Mais oui, je suis bête, tu connais toutes les femmes en âge de copuler sur l'agglomération Moulinoise.
—Tu es sûre que tu n'exagères pas un peu ?
—A ton regard, j'ai deviné que tu la connaissais, et même que tu l'a connue au sens biblique du terme, ne me dis pas le contraire !
—Oui, c'est vrai, j'ai eu une aventure avec elle, et alors ?
—Rien, moi aussi j'ai eu une vie sexuelle avant toi, je n'ai jamais prétendu être une oie blanche et tu n'es pas un lapin de six semaines, mais cette femme...comment dire ? Si elle n'était pas avec ton collègue, je me méfierais.
—Tu viens de dire toi-même qu'elle était plus vieille que lui et d'ailleurs pour te rassurer, quand nous avons couché ensemble j'étais bourré.
—Oh l'excuse ! Et alors, ça ne t'a pas plu ?
—Ce n'est pas la question, je veux juste dire que je ne l'ai pas cherchée et c'est elle qui m'a dragué, elle a profité de circonstances exceptionnelles et d'un état de faiblesse passagère pour me mettre dans son lit.
—Ce n'est pas très galant ce que tu dis.
—Je ne prétends pas être tout le temps galant, ni parfait, en revanche ce que je dis c'est la vérité. Mais tu ne m'as pas dit pourquoi tu te méfierais, alors qu'elle est plus vieille que moi et qu'elle n'a pas un physique si formidable, même si elle a de beaux restes.

—Ce n'est pas une question de beauté, il émane d'elle une sorte de sensualité animale qui fait comprendre à toutes les autres femmes qu'elle est en chasse et que c'est une concurrente redoutable.

—Tu n'as rien à craindre, elle est en mains.

—Je ne suis pas sûre que cela la dérangerait tant que ça, c'est le genre de femme qui est capable de s'occuper de plusieurs hommes en même temps au lit.

—Je ne vois pas comment tu peux dire ça.

—Honnêtement, je me trompe ?

—En fait non, je suis sûr qu'Esmeralda ne dirait pas non si on lui proposait un plan à trois.

—Et à quatre ?

—Tu es sérieuse ?

—Va savoir. Et toi, ça te dirait ?

—Non, désolé, je ne marche pas, je suis peut-être vieux jeu, mais pour moi ce sont des choses qu'on fait à deux, cc n'est pas une activité de groupe.

—Bon, j'aime mieux ça, je te charriais, moi non plus je ne pratique pas ce genre de sexualité, je reste classique et à deux ça me convient parfaitement.

—Bon, ce point étant éclairci, concentre-toi un peu sur la carte, le serveur revient et tu n'as rien choisi.

—Si, je t'ai choisi toi et c'est déjà pas mal. »

Le lendemain matin, le Capitaine Dilpares vint discuter dans le bureau de son homologue, il semblait à la fois serein et détendu et Lucas Blondin, qui avait passé une excellente nuit dans les bras de sa Christine, présuma qu'Esmeralda avait soigné son collègue au moins aussi bien que son infirmière l'avait fait avec lui. Il aborda des sujets anodins, puis finit par lâcher sa bombe : «

—Au fait, je préfère te prévenir, pour les vacances d'été, je suis désolé, mais il vaut mieux que tu ne prévoies rien.

—Comment ça ?

—Et bien tu vas être tout seul pour monter les astreintes de commandement, ça ne durera que jusqu'en septembre puisque le successeur de Juliette arrivera à la rentrée, mais en attendant en juillet et août, tu vas être le seul Officier.

—Qu'est-ce que c'est que cette embrouille ? Et toi alors ? Tu n'as pas l'air malade et si tu me joues un tour de cochon, je te préviens tu vas perdre des dents.

—Tu es entièrement responsable de ce qui va arriver mon vieux, je t'en remercie d'ailleurs, même si tu vas en pâtir, mais je te revaudrai ça autrement un de ces jours.

—Explique-toi !

—Voilà, je suis amoureux d'Esmeralda et elle est amoureuse de moi. Nous allons nous marier et je vais quitter la police. Elle m'a proposé de me nommer directeur de sa boîte de construction, avec le même salaire que ce que je gagne maintenant, mais nourri et logé, chez elle, en tant que mari.

—Et baisé gratuitement en plus, c'est une bonne place il n'y a rien à dire. Merde alors, tu veux quitter la police ?

—Oui, je demande une rupture conventionnelle, comme ça je toucherai un petit magot pour payer ma part du mariage, il n'y a pas de raison que ce soit Esmeralda qui paie tout.

—Et bien tous mes vœux de bonheur, ça me fait plaisir pour toi, même si je vais devoir faire une croix sur mes vacances cet été.

—Je n'étais pas heureux ici, je préfère me consacrer à Esmeralda.

—Ouais, je comprends et comme tu dis, c'est moi qui t'ai envoyé chez elle, c'est bien fait pour moi ! »

Lucas Blondin était partagé entre le contentement d'avoir fait deux heureux et la contrariété de devoir renoncer à voyager un peu avec sa dulcinée, mais après réflexion, ils n'avaient pas d'enfant Christine et lui et rien ne les empêchait de décaler leurs vacances en septembre, ce serait peut-être même mieux après tout, éviter la foule des touristes pouvait être profitable et finalement il sourit en pensant au couple qu'il avait contribué à former, il serait sûrement invité au mariage et il pensa que ce serait une sacrée fiesta !

La soirée fut propice à des ébats passionnés entre le Capitaine et sa petite amie, tous les deux émoustillés par la nouvelle romantique qu'ils avaient apprise dans la soirée et le lendemain matin Blondin était plutôt fatigué, mais de bonne humeur quand il fut appelé par le Commissaire pour venir dans son bureau, d'une voix peu amène. Le trajet était court pour se rendre chez son patron, mais le jeune Officier eut néanmoins le temps de se demander quelle bêtise il avait encore put commettre et c'est en frappant à la porte du bureau qu'il se rappela Amanda et ses drôles de questions, il eut alors une intuition fulgurante et sut qu'il n'aurait pas du laisser la Brigadière dans la nature sans surveillance.

En effet, le commissaire attaqua aussitôt sur le sujet : «

—Blondin, vous aviez bien commencé et j'avais une bonne opinion de vous, je sais aussi que le manque d'Officiers actuellement dans ce Commissariat vous oblige à fournir plus d'efforts et vous donne plus de soucis. La carence récurrente du Capitaine Dilparès pour tenir son rôle n'aide pas et je conviens que votre place n'est pas facile.

—Mais ?

—Mais essayez de tenir un peu votre miss catastrophe ! Non contente de saloper les dossiers et de nous brouiller avec le parquet, voilà qu'elle sème le bren[18] et qu'elle nous brouille avec la mairie d'Yzeure !

—Qu'est-ce qu'elle a fait cette andouillette ?

—Elle chante partout que les puits des riverains sont pollués aux hydrocarbures et que ce doit être un empoisonnement volontaire selon elle, c'est limite si elle ne désigne pas une famille du quartier comme composée de terroristes islamistes. Le maire a été saisi par l'opposition, les excités de tous bords s'en donnent à cœur joie et l'affaire est montée jusqu'à la Préfecture via les Renseignements Territoriaux. Ils ne se sont pas gênés pour vous scier la planche ceux-là et ils ont laissé entendre à Monsieur le Préfet que vous guidiez en sous-main la petite Piochet.

—N'importe quoi ! Je ne suis pas débile, j'ignorais qu'elle colportait de tels ragots.

—Je ne sais pas ce qu'elle cherche, mais arrêtez-la de toute urgence et résolvez cette affaire de pollution de puits pour mettre fin définitivement aux rumeurs. Il paraît que les réseaux sociaux se sont emparés du sujet et que cela peut monter jusqu'à Paris. Si ça devait être le cas, je serai tenu de m'expliquer et ce sera une tache

---

[18] Semer le bren en patois (picard notamment), c'est semer la merde.

dans mon beau dossier immaculé, mais je ne serai pas seul à en pâtir, vous pouvez me faire confiance.

—Je sais que vous êtes un Commissaire et que vous aurez la dent dure, mais considérez quand même que je ne peux pas la surveiller vingt-quatre heures sur vingt-quatre.

—Démerdez-vous ! Couchez avec s'il le faut, mais faites la tenir tranquille !

—Si c'était la solution, je m'exécuterais avec plaisir, mais je crains que la seule façon d'avoir la paix avec elle, c'est de la muter dans un service où elle n'ait plus de contact avec le public.

—Arrangez l'affaire des puits rapidement et je verrai ce que je peux faire. »

Blondin était autant furieux contre lui-même que contre Amanda, car il savait que la Brigadière devait être surveillée et il avait fait preuve de négligence, il se rendit donc dans le bureau de la jeune femme avec la ferme intention de lui ordonner de ne plus sortir du Commissariat et surtout de fermer sa grande bouche ! Mais elle était absente et il n'avait aucune idée de l'endroit où elle se trouvait. Il demanda à son ami le Brigadier Chef Gripollini où elle était partie et il répondit qu'elle était sortie pour enquête sur un de ses dossiers, une affaire de grivèlerie d'essence. Le Capitaine demanda à la salle radio si Amanda avait signalé sa destination, comme la procédure radio le prévoit, mais naturellement elle ne l'avait pas fait, cependant l'opérateur lui indiqua que la jeune policière avait évoqué une affaire de grivèlerie d'essence où elle devait recueillir le témoignage du gérant.

Blondin alla consulter les dossiers et vit que la seule procédure de filouterie de carburant qu'Amanda Piochet suivait, concernait une station service d'Avermes : elle devait s'être rendue là-bas. Il hésita à attendre son retour, puis se dit qu'il avait assez procrastiné comme ça et il prit un véhicule de service pour aller rejoindre sa subordonnée, histoire de lui passer un bon savon, puis de clore le dossier des puits contaminés avec elle. Il trouverait bien des dossiers sans danger en attendant que le Commissaire lui trouve une occupation où elle ne pourrait pas faire de bêtises, ou au moins que ses bêtises puissent être gérées facilement.

Arrivé à la station service, il ne vit pas le véhicule de service qu'avait emprunté Amanda et en conclut qu'elle était déjà repartie. Il descendit néanmoins de son propre bolide et alla prendre contact avec le gérant du commerce, histoire de vérifier qu'Amanda était bien venue le voir. Le pompiste était un petit bonhomme rondouillard, qui semblait sympathique bien qu'un peu trop nerveux au goût du Capitaine, qui suspectait aussitôt des pires méfaits toute personne qui ne semblait pas à l'aise en présence de la Police. Il lui apprit que la Brigadière était venue l'interroger au sujet de la filouterie de carburant dont il avait été victime. Au moment où leur conversation débutait, il avait remarqué le véhicule de son filou qui passait justement à la pompe. Il l'avait désigné à la policière tout en bloquant la pompe pour que l'indélicat personnage ne puisse pas lui voler son carburant une fois de plus.

Amanda avait pris contact avec le filou, qui n'avait pas son permis de conduire sur lui, mais qui lui avait juré ses grands dieux que ce document se trouvait dans sa caravane, stationnée un peu plus loin sur l'aire de grand passage de Moulins, route de Montilly, avec tous ses papiers et assez d'argent pour indemniser le pompiste. Le jeune homme argumentait avec une grande sincérité apparente et il avait réussi à persuader la Brigadière qu'il était prêt à payer ce qu'il devait, car il s'agissait d'un malentendu, un oubli de sa part, c'était quasiment la faute du commerçant trop pressé en quelque sorte.

Amanda avait alors laissé le jeune homme remonter dans son véhicule, il était parti en direction de Moulins et la jeune femme l'avait suivi dans sa propre voiture. Cette scène s'était déroulée à peine cinq minutes auparavant et le gérant se demandait s'il devait aviser le commissariat de cette histoire ou pas. Il pensait que c'était quand même imprudent pour cette policière de suivre un jeune voyageur[19] toute seule, mais d'un autre coté elle était adulte et semblait sûre d'elle, alors il ne voyait pas pourquoi il devrait se mêler de la manière dont elle comptait exercer son métier.

Blondin était pensif et réfléchissait à ce qu'il devait faire, car il était inquiet pour la sécurité de Bourriquette, mais il ne pouvait pas non plus la suivre constamment, il avait autre chose à faire. Il observa machinalement un client qui remplissait un bidon d'essence, probablement pour sa tondeuse ou son motoculteur. Ce jeune adulte, de type méditerranéen très

---

[19] On appelle « voyageur » ou « gens du voyage » les manouches et autres romanichels, nomades circulant en caravane et vivant officiellement de la vente de paniers d'osier tressés par leur soins durant les longues soirées d'hiver au coin du feu de camp.

prononcé, au regard fuyant et aux manières un peu précieuses était bizarre, car il regardait autour de lui comme s'il craignait d'être vu. Il ne surveillait pas le gérant ni le Capitaine qui se tenaient à côté de la caisse, mais il avait l'air plus inquiet d'une éventuelle arrivée d'un autre client, il agissait comme quelqu'un qui craint d'être reconnu par un passant et se dépêche de commettre un acte honteux ou répréhensible.

Son manège avait attiré l'œil exercé du policier et il se demandait si ce client-là n'avait pas lui aussi l'intention de fuir sans payer. Du coup, il nota mentalement le numéro d'immatriculation de sa voiture, une petite berline sans prétention, d'un âge déjà avancé et d'un modèle ancien. Le client avait fini de remplir son bidon, qu'il rangea dans son coffre avec précautions, puis il vint payer à la caisse, anéantissant les soupçons de l'Officier de Police. Les dix litres de gazole furent payés en espèces et l'homme, qui paraissait toujours inquiet, s'empressa de monter dans sa petite voiture et de partir. Même si son attitude semblait étrange, ce type n'avait rien fait de mal et Blondin le chassa de son esprit pour se concentrer sur Bourriquette.

Il avait quand même un petit serrement au cœur en pensant à ce qui pouvait arriver à la jeune femme, même si elle l'avait bien cherché par sa témérité et son inconscience, et puis on ne laisse jamais tomber un collègue potentiellement en danger, c'était un des principes de vie que Blondin cultivait et dont il ne se serait départi pour rien au monde. Si on laissait tomber certaines bases, comme la Solidarité entre collègues, l'Honnêteté ou la Justice, il valait mieux démissionner et quitter la Police, on pouvait toujours se reconvertir comme magistrat ou avocat pour les plus intellectuels, comme vigile de supermarché pour les plus costauds, comme tenancier de maison close pour les plus vicieux ou comme agent immobilier pour les moins honnêtes. La reconversion dans le monde politique était réservée aux plus hypocrites et aux syndicalistes bien entendu.

Un mauvais pressentiment lui oppressa soudain le cœur et lui fit ressentir un sentiment d'urgence, injustifié mais pourtant bien présent. Il appela donc Michel Gripollini à son bureau : «

—Michel, c'est Lucas Blondin à l'appareil, je t'appelle parce que je voulais voir ce que trafiquait Bourriquette et je viens d'apprendre qu'elle a suivi un jeune manouche au camp route de Montilly.
—Comment ça suivi ?
—Le gars était en voiture à la station service d'Avermes, elle l'a reconnu comme étant un suspect dans une affaire de filouterie de carburant qu'elle traite. Il lui a dit que ses papiers étaient dans sa caravane et cette idiote l'a suivi en voiture pour aller au camp, qu'est-ce que tu en penses ?
—Elle est toute seule ?
—Oui, elle a suivi un manouche toute seule dans le camp.
—On aura de la chance si on retrouve sa culotte, tu veux qu'on y aille ?
—Oui, j'appelais pour ça, envoie la patrouille PS et prends un ou deux gars et vas-y, je m'y rends moi-même immédiatement.

—Ok, mais n'y va pas trop vite quand même, fais gaffe !

—Ouais, ne t'inquiètes pas, je suis un grand garçon. »

Le Capitaine ayant assuré ses arrières en garantissant l'arrivée prochaine des renforts, ce qui est à la base de toute intervention un peu risquée en matière policière, il sauta dans sa voiture pour rouler au secours de sa collaboratrice trop naïve. Il savait qu'Amanda, persuadée de sa propre valeur et inconsciente des risques encourus, n'avait pensé qu'à faire avancer son enquête, sans penser une seconde que les gens du voyage pouvaient accueillir comme un don du ciel une jolie jeune femme seule arrivant dans leur camp, venue leur offrir son corps et en cadeau bonus son arme de service.

Qu'ils puissent penser à lui voler son arme et enfin assouvir le fantasme consistant à faire découvrir les délices de Sodome à un policier en fonction était pourtant un risque évident, mais Blondin avait compris que la jeune brigadière était elle-même tellement respectueuse de certains usages qu'elle ne pouvait imaginer une seconde que d'autres ne les respecteraient pas. Cette naïveté, en partie alimentée par le côté de plus en plus policé artificiellement de la société française, se retrouvait souvent chez les personnes peu souvent confrontées à la vie réelle. Amanda avait été de tous temps préservée par son entourage, puis par ses collègues, mais également par les usages du politiquement correct en vogue dans les villes françaises.

Dans la campagne profonde et dans les cités populaires des grandes métropoles les choses sont un peu différentes, plus proches d'une réalité passée pour la campagne et annonciatrice du futur pour les banlieues. La cruauté de l'humanité s'exprime encore pleinement dans les déserts ruraux, faute de distractions plus raffinées, mais également dans les fourmilières de béton des banlieues par un effet inverse, une sorte de refus de la sophistication à outrance et de recherche de l'excès. Elle ne connaissait ni les rustres du passé ni les nouveaux barbares des cités, finalement bien lointains dans une petite ville bourgeoise comme Moulins. Mais les voyageurs ne vivant pas dans la même société qu'elle, n'obéissaient pas aux mêmes codes et n'avaient pas la retenue des gentlemen modernes, habitués à s'auto-censurer pour éviter les réprimandes infâmes utilisant les termes les plus abominables du type « macho » ou « misogyne » ou même « facho ».

Une des peurs de l'homme moderne, civilisé à outrance et soumis aux diktats de la bien-pensance, est d'apparaître comme une cible des « balance ton porc » ou des « mee-too », même injustement, comme cela arrive parfois. Le voyageur n'a pas cette crainte, car il vit dans un monde plus physique, plus matériel, qu'internet n'a pas encore profondément transformé et qui lui évite de subir les nouvelles contraintes sémantiques et comportementales avec lesquelles le français moyen doit compter. Habitué par tradition à braver la loi et contraint par nécessité[20] économique de se servir chez les autres sans barguigner, le voyageur

---

[20] La nécessité qui s'impose aux malheureux qui ne peuvent en aucun cas gagner leur vie par le travail, soit par aversion naturelle à tout effort, soit par tradition familiale, soit les deux.

sait saisir les bonnes occasions quand elles se présentent et se moque éperdument de sa réputation numérique.

La plupart des citoyens français ne pensent pas, à part quelques cas pathologiques, à sauter sur la première venue sous prétexte qu'elle est seule, sans défense, loin de chez elle et parfaitement consommable, ils n'ont pas l'esprit prédateur et gardent un sens moral qui les honore. Le contrat social qui les lie est de plus en plus opposé à toute agressivité de nature sexuelle, tout en étant de plus en plus tolérant envers les minorités qui pratiquent des mœurs dont la reproduction de l'espèce ne peut pas être l'aboutissement sans une aide extérieure.[21]

A l'inverse, la société nomade reste assez indifférente à ces soubresauts et ces évolutions sociétales qu'elle ne comprend d'ailleurs pas totalement et qu'elle n'approuve majoritairement pas. Le sédentaire, souvent considéré comme une proie, le devient d'autant plus que sa sensibilité l'éloigne de la compréhension du danger qui peut le guetter en présence d'individus moins civilisés que lui. En bref, plus la société moderne tolère la différence et condamne l'agressivité hétérosexuelle, plus le nomade est incompris puisque lui ne change pas, restant volontairement exclu des évolutions sociétales qu'il méprise.

Bourriquette, pur produit de notre société moderne, ne pouvait imaginer qu'on puisse oser tenter de la contraindre à une quelconque faveur de nature

---

[21] Je sens que je viens de me faire pas mal d'ennemis. Bah ! Tant pire ! Cela reste quand même la vérité et ceux qui ne sont pas content peuvent rouler ce livre en cornet et s'asseoir dessus pour se venger.

sexuelle sans aussitôt succomber sous la honte de la désapprobation générale. A sa décharge, il faut comprendre qu'elle n'avait jamais été affectée en brigade des mœurs, protégée par ses supérieurs successifs de tout désagrément et de tout danger, elle avait évité les pires scènes et les pires histoires qui marquent durablement la mémoire des jeunes fonctionnaires de police et leur font acquérir cette prudence élémentaire dont elle ne bénéficiait pas.

Blondin quant à lui, savait très bien de quoi l'être humain en général est capable et le jeune voyageur plein de sève en particulier et il fonça au secours de sa subordonnée. Il traversa à toute allure Avermes, remonta le long de l'Allier jusqu'au pont Régemortes, pensa alors à activer la sirène de son véhicule, il ne pouvait pas attraper la bulle du gyrophare qui gisait au pied de la place passager avant et renonça à « mettre du bleu », le son suffirait à alerter les méchants, quitte à les faire fuir, mais au moins ils stopperaient toute action envers Amanda.

Il remonta la route de Montilly, dépassa Intermarché, le stand de tir, arriva enfin devant l'aire de grand passage où stationnaient une vingtaine de caravanes. Quelques femmes papotaient alors que de jolis enfants bruns aux cheveux bouclés jouaient dans la poussière, c'était une scène paisible qu'on pouvait croire tirée d'une image d'Epinal. Le Capitaine arrêta la sirène de son véhicule, se gara vers le centre du campement et il descendit de voiture. Il savait qu'à cette heure-là la plupart des hommes, travailleurs de nuit, dormaient dans les caravanes. Les seuls mâles debout étaient les vieux, qui veillaient au grain avec les femmes et les enfants. D'ailleurs trois gaillards âgés, assis autour d'une table de camping, jouaient aux cartes en faisant semblant de ne pas avoir remarqué son arrivée.

Les femmes en revanche, se dirigeaient vers lui par paquets et il fut vite entouré d'une dizaine de ces créatures de tous âges et de toutes corpulences, qui lui demandaient ce qu'il venait faire là, en faisant tout ce raffut, quitte à réveiller le pépé qui faisait la sieste ou son homme qui était malade et était au lit avec une forte fièvre. L'officier connaissait la musique et il ne prêta pas attention au babillage du troupeau, il se dirigea aussitôt vers les joueurs de cartes et s'adressa à celui qui semblait le plus âgé : «

—Bonjour ! Je suis le Capitaine Blondin, du Commissariat de Moulins. Je ne vais pas perdre mon temps : je recherche une de mes collègues, une jeune femme blonde et je ne repartirai pas sans elle.
—On ne l'a pas vue ta schmidte[22], tu peux partir.
—Écoute grand-père, pour l'instant je suis tout seul, mais dans cinq minutes il y aura plein de schmidts ici et on va fouiller partout, c'est ça que tu veux ?
—Vous avez pas le droit de fouiller les caravanes, c'est un domicile. Vous voulez faire ça pour nous faire chier parce que vous voulez nous persécuter, comme les nazis.
—Si je ne retrouve pas rapidement ma collègue, j'aurai le droit de retourner toutes les caravanes et je ne vais pas me gêner et tant pis si on trouve des choses, tu vois ce que je veux dire grand-père ? Si je trouve ma

---

[22] Pour les gens du voyage un « schmidt » est un policier.

collègue, en bon santé, je ne fouille rien et je m'en vais, d'accord ?

—Tu viens ici, tu nous menaces, tu es un nazi je te dis et je ne vois pas pourquoi je te dirais quoi que ce soit, je n'ai pas peur de toi. Je n'ai pas eu peur des nazis pendant la guerre, je ne vais pas avoir peur de toi maintenant.

—Tu devrais avoir peur, car je n'ai qu'une parole et s'il arrive quelque chose à ma collègue, je te promets que je vais fouiller ce camp à fond et que tout ce que je vais trouver de pas net, je vais l'utiliser contre vous. Au fait grand-père, toi tu n'as pas eu peur des nazis et moi je suis juif, alors me traiter de nazi c'est débile.

—Si tu es juif, c'est pas pareil, alors je vais te dire, ta copine elle a suivi un jeune qu'on ne connaît pas, qui a sa caravane de l'autre côté du terrain, vers la rivière, sous les arbres là-bas au fond, tu vois ?

—Oui, je la vois, merci, j'y vais.

—Mais dis-moi la vérité, tu n'es pas juif n'est-ce pas ?

—Autant que toi tu as connu la guerre. »

Blondin laissa sur place le vieux, qui devait être né dans les années cinquante, fin des années quarante au grand maximum, et fonça vers la caravane au fond du terrain, à côté de laquelle étaient garées deux voitures, dont l'une était le véhicule de service que Bourriquette avait utilisé pour arriver là. Il n'avait pas actionné la sirène cette fois-ci et il descendit de voiture aussitôt garé à côté de la caravane. Il entendit alors un gémissement en provenance de l'intérieur de la maison roulante et il essaya d'en ouvrir la porte, qui était verrouillée. Il la secoua un peu pour vérifier, mais la porte tenait bon.

Il cria « Police ! Ouvrez ! » Mais une intuition soudaine le fit s'écarter vivement du seuil de l'ouverture et il fit bien : un trou béant se forma dans la porte de plastique alors qu'une détonation énorme remplissait l'atmosphère du son caractéristique du calibre douze qui chante aux oreilles de celui qui est devenu le gibier.

Le type de fusil qui peut faire ce genre de trou et qui chante de cette manière est destiné à la chasse normalement et possède généralement deux canons, juxtaposés ou superposés, sauf pour le cousin qu'on appelle le fusil à pompe, qui produit ce bruit caractéristique quand on le recharge et qui est encore plus terrifiant que celui de la détonation. Justement le Capitaine percevait maintenant ce bruit de la pompe de rechargement, indiquant que le tireur avait fait monter la cartouche suivante dans le canon et pouvait donc à nouveau tirer.

Le trou dans la porte, grossièrement circulaire et large de trente bons centimètres, indiquait que l'arme était un fusil à canon court, probablement de calibre douze et chargé avec des chevrotines ou des plombs de gros grains, car une balle à sanglier aurait produit un orifice nettement plus petit. Cela signifiait que le tireur n'avait pas besoin de beaucoup viser, la gerbe de plombs à une distance de tir d'un mètre faisait trente centimètres de diamètre et en ferait plus du double à trois mètres, garantissant le coup au but sans difficulté. Cet écartement des projectiles était vraiment important, même pour ce type de fusil et Blondin pensa sur le coup que l'arme était probablement munie d'un canon trafiqué, scié par les soins de son propriétaire pour élargir la gerbe des plombs et ainsi rendre l'arme plus redoutable à courte distance.

Le policier dégaina son arme de service, un pistolet semi-automatique Sig Sauer modèle 2022 spécial police chargé de quinze cartouches de neuf millimètres parabellum à pointes creuses. Il ne pouvait pas tirer à travers la porte ou la paroi de la caravane, car le gémissement qu'il avait entendu provenait certainement d'Amanda et il risquait de la toucher en tirant au hasard. Il fit le tour de la caravane en cherchant une solution, sachant pourtant que ce genre de remorque habitée ne comporte qu'un seule porte d'entrée. Il y avait une fenêtre entrouverte à l'avant et il força sur la plaque de plexiglas pour agrandir l'ouverture et jeter un coup d'œil. Dans la pénombre il vit juste l'œil noir d'un canon qui se tournait vers lui et il se laissa tomber au sol : la gerbe de plombs pulvérisa la fenêtre en passant au-dessus de lui, sans le toucher heureusement.

Il ne pouvait attendre l'intervention de ses collègues sans risquer la vie d'Amanda, qui serait certainement prise en otage par le forcené pour tenter une sortie, il lui fallait régler ce problème tout de suite et tout seul. Il ne connaissait pas le lascar qui lui tirait dessus, mais son manque d'hésitation pour tirer sur la police indiquait le voyou chevronné qui pensait n'avoir rien à perdre. Ce genre de type pouvait péter un plomb à tout moment et décider de tuer Amanda, il fallait donc agir rapidement.

Adieu Bourriquette !

Blondin n'avait pas un instant à perdre et il décida d'un plan audacieux. Il se mit à gémir comme un blessé gravement touché, râlant de douleur au pied de la fenêtre arrachée par les projectiles. Le tireur ne pouvait pas bien voir ce qui se passait dehors, tout au moins pas sans pointer sa face à la fenêtre et il n'était pas stupide à ce point-là. Il décida donc d'attendre et de vérifier si le soit-disant blessé allait continuer sa comédie sonore longtemps. Si c'était le cas, il aviserait, mais il avait un doute sur la sincérité de la plainte, en bon comédien lui-même. Pour montrer qu'il n'était pas dupe, il actionna la pompe de son fusil pour recharger.

Constatant le peu de succès de sa ruse, Blondin cessa bientôt de gémir, montrant à l'assiégé qu'il s'agissait bien d'un leurre. La Capitaine se maudissait pour s'être fourré en pareille situation et il maudissait encore plus Amanda « Elle est bête comme du poil d'âne, comme dirait Catherine Beaugrand la fameuse romancière bourbonnaise » pensa-t-il et il se promit que si tout le monde sortait indemne de cette affaire, il ferait tout son possible pour que la brigadière ne retourne jamais sur la voie publique. Quand il pensait « tout le monde indemne », le « tout le monde » n'incluait évidemment pas le propriétaire de la caravane, qu'il espérait au minimum interpeller et envoyer au trou pour un bon moment, histoire de lui apprendre à tirer sur les flics.

Le son des sirènes encore lointaines, mais qui s'approchaient rapidement, lui fit comprendre que les renforts demandés arrivaient et il se résigna à devoir reprendre la procédure habituelle dans ce genre de situation. En cas de forcené armé et retranché avec un otage dans un lieu déterminé dont il ne pouvait pas s'échapper, la procédure habituelle était de sécuriser le périmètre, puis de faire appel à une équipe spécialisée, qui était l'antenne RAID de Lyon pour toute affaire de ce genre qui se déclenchait dans l'Allier.

Le RAID, signifiant par rétro-acronymie Recherche, Assistance, Intervention, Dissuasion, est une équipe spécialisée d'intervention sur les situations difficiles et dangereuses, composée d'agents de police triés sur le volet, motivés et entraînés. Le RAID possède des antennes régionales, ce qui lui permet une couverture nationale en moins de trois heures, une équipe étant toujours prête à l'action. Loin d'être des cow-boys imbus d'eux-mêmes comme peuvent l'être des équipes concurrentes de maisons voisines, les agents du RAID sont efficaces en restant modestes et sympathiques et sont souvent très appréciés des policiers locaux pour lesquels ils interviennent.

Il n'en reste pas moins que faire appel au RAID, c'est aussi admettre les limites de sa compétence technique et personne n'aime ça, même si la supériorité des hommes en noir ne faisait aucun doute. L'assiégé avait aussi entendu les sirènes et il devait être parvenu au même raisonnement, ayant assez de métier pour savoir qu'une fois encerclé, il serait pris au piège et ne s'en sortirait pas. Il devait donc agir avant l'arrivée de la cavalerie et il se décida brusquement, comptant sur l'effet de surprise et sur sa propre rapidité d'action.

Alors que le Capitaine se détendait, distinguant au loin vers l'entrée du camp deux véhicules sérigraphiés se dirigeant vers lui et un troisième véhicule banalisé qui devait être conduit par son collègue et ami Michel Gripollini et qui s'arrêtait vers les joueurs de cartes, certainement pour savoir où se diriger. Dans quelques minutes les jeux seront faits et le forcené ne pourrait plus faire autrement que se rendre, que ce soit tout de suite ou bien en présence des négociateurs du RAID.

L'assiégé n'avait pas l'intention de brader sa liberté et il joua son va-tout : ayant discrètement déverrouillé la porte de sa maison mobile, il sauta au sol à travers la porte en serrant contre lui son fusil. Il savait que son adversaire se situait plutôt vers l'avant de la caravane et il avait la tête tournée vers la gauche, il repéra donc effectivement Blondin presque aussitôt avoir quitté son abri. Il entama alors un mouvement de torsion du buste pour amener son fusil en face de sa cible tout en courant sur le côté pour s'éloigner.

L'Officier de police avait entendu le claquement de la porte de la caravane contre le mur extérieur quand elle avait été violemment rabattue par le passage de son propriétaire et il perçut vaguement le bruit sourd de l'atterrissage de son ennemi sur le sol herbeux. Si ce type était sorti, c'était vraisemblablement pour l'affronter et il n'avait certainement pas les mains vides, il n'avait pas rechargé son fusil pour rien.   Blondin savait qu'il ne pouvait pas lutter avec un pistolet semi-automatique contre un fusil chargé avec des cartouches à chevrotines, car l'autre n'avait pas besoin de viser et son arme crachait de multiples projectiles mortels en même temps, un seul coup au but suffirait à le neutraliser. Il prit en conséquence la bonne décision et se jeta sur sa droite de l'autre côté de la caravane, n'attendant pas de savoir si sa proie avait l'intention de fuir ou bien de se retourner contre lui.

En fait le jeune manouche cherchait en même temps à fuir et à neutraliser son adversaire et comme tous les gens qui cherchent à courir deux lièvres à la fois, il rata ses deux objectifs. C'est l'inconvénient majeur du « en même temps », pourtant si prisé par certains responsables qui se croient dotés d'un cerveau supérieur quand seul leur ego est surdimensionné : quand on veut tout et son contraire, on arrive à rien, c'est bien connu ! Le voyageur se tordait en cherchant du regard le schmidt si haï pour lui faire la peau et en même temps il courait en direction de sa voiture, garée non loin de là. De ce fait, il courait mal, car il n'était pas un crabe pour courir ainsi de côté et il visait mal, car on vise mal quand on court dans une direction différente de celle de la cible. Il aperçut Blondin qui disparaissait derrière le coin de sa maison mobile et il en conclut que ce lâche avait fui son juste châtiment. Il continua donc sa route vers son automobile, sachant pertinemment qu'il n'avait pas le temps de régler son compte au gêneur avant l'arrivée de ses collègues.

Blondin quant à lui avait décidé de contourner la caravane pour tenter de surprendre sa proie par-derrière. Il s'avançait d'un pas vif, l'arme au poing et passa l'arrière de la moderne roulotte. Arrivé au coin il repéra le fuyard qui avait rejoint sa voiture une dizaine de mètres plus loin. Le jeune homme semblait peiner à extraire la clef de contact de la poche de son pantalon et il trépignait, le fusil coincé sous le bras gauche. Le policier saisit cette opportunité, visa soigneusement et cria « Police ! Lâche ton fusil ! »

En théorie la doctrine de la légitime défense veut que le policier ne puisse tirer sur un voyou que s'il est menacé par un danger de même nature, c'est-à-dire une arme mortelle, et qu'il n'a pas d'autre moyen d'échapper à la menace. Ce n'était pas le cas, puisque le manouche avait son fusil coincé sous le bras et se trouvait dans l'incapacité manifeste de tirer, ce qui impliquait que le policier non plus ne pouvait pas ouvrir le feu. Le bandit, même s'il semblait jeune, était déjà expérimenté et avait reçu de bonnes leçons, il connaissait la loi et il savait que Blondin ne tirerait pas s'il ne le menaçait pas.

Il hésita donc une seconde entre la riposte au fusil, qui entraînerait le feu du policier en légitime défense, ou bien la fuite, qui interdirait à son poursuivant d'ouvrir le feu. Il était relativement intelligent et choisit donc la seconde solution. En effet, un tir mal ajusté et précipité en direction de Blondin avait de grandes chances de le rater, d'autant plus qu'il était maintenant un peu plus loin et qu'à cette distance la gerbe de plomb mesurerait plus de deux mètres de diamètre, mais ne contiendrait qu'un nombre limité de projectiles, une dizaine en tout.

Un tir toucherait certainement la cible, mais en n'y logeant qu'une ou deux balles, ce qui ne suffirait vraisemblablement pas à la neutraliser. Le policier aurait alors tout le loisir de l'abattre, car toucher une cible humaine à dix mètres n'a rien d'un exploit. Le flic n'avait besoin que d'appuyer à nouveau sur la détente pour tirer ses coups suivants, alors que le fusil demandait un effort et un geste technique plus difficile et plus long pour recharger, l'avantage était nettement passé du côté de l'arme de poing.

Le voyou jeta son fusil à terre en levant les bras en l'air, indiquant ainsi sa reddition sans condition. C'était logique eu égard aux circonstances défavorables et à sa place Blondin en aurait fait autant, mais cet acte était quand même étonnant de la part d'un membre de la communauté des gens du voyage, réputés indomptables. Le Capitaine se redressa de la position ramassée qu'il avait instinctivement prise pour ajuster son tir et voulut s'approcher.

Il entendait les sirènes des voitures de ses collègues qui approchaient maintenant rapidement et en regardant le visage de son prisonnier il put suivre son raisonnement : « J'ai bien fait de ne pas fuir en voiture, car il y a au moins deux bagnoles de schmidts sur ce terrain et ils m'auraient coincé facilement, ma seule chance maintenant c'est de fuir de l'autre côté, à pied et d'aller jusqu'à la rivière. Je pourrai traverser facilement, il n'y a pas beaucoup d'eau, et une fois de l'autre côté je volerai une autre auto pour filer. »

Le bref coup d'œil vers la berge de l'Allier distante d'à peine cinquante mètres avait renseigné Blondin sur les pensées de sa proie mieux que si ce dernier les avait exprimées à haute voix et il sut que le jeune homme allait prendre la fuite avant même qu'il ne démarre. Malheureusement il ne pouvait pas l'abattre préventivement, surtout maintenant que son fusil était à terre, hors de portée et il pourrait encore moins tirer quand la fuite serait amorcée, sa seule chance était d'arriver au contact avant que la fuite n'ait commencé, alors il prit son élan pour sprinter sus à sa proie.

Effectivement le jeune voyou se mit à courir aussitôt après que Blondin se fût élancé, quasiment en même temps et le policier se demanda si sa course avait déclenché la fuite de son gibier ou si l'impulsion de courir avait été donnée à ses jambes avant que le cerveau ne réalise que le policier avait pris sa course. Cela n'avait plus d'importance, car le fuyard devait contourner sa propre voiture et cette manœuvre le retarda suffisamment pour permettre à Blondin de le rejoindre. Le policier était finalement gêné par son arme qu'il tenait toujours à la main. En effet, il aurait voulu disposer de ses deux mains pour attraper sa proie et l'immobiliser, le temps que les renforts arrivent, ou bien le menotter s'il avait le dessus. Mais il ne pouvait plus rengainer le pistolet ni le laisser tomber, il l'utilisa alors comme massue en frappant le manouche dans le dos avec le canon.

C'était un geste assez idiot et irréfléchi, qui ne faisait aucunement partie des gestes techniques d'interpellation enseignés dans les écoles de police, mais l'improvisation est rarement parfaite et le Capitaine n'avait pas vraiment prémédité son action. Sa victime reconnut parfaitement la nature de l'objet qui le frappait durement par l'arrière et il eut pendant un court instant d'angoisse l'impression que le schmidt allait le dégommer comme un lapin, l'exécuter d'une balle dans la nuque façon KGB et qu'il plaiderait l'accident ou quelque chose de ce genre. Il ne voulait pas mourir en tournant le dos au danger, car malgré tous ses défauts, et Dieu sait qu'il en avait, il était courageux et c'était à mettre à son faible crédit, alors il se retourna.

Le policier vit l'amorce du mouvement de rotation du torse de sa proie et il anticipa le coup de poing que le voyou allait certainement tenter, en se jetant sur le côté gauche, le droit étant bloqué par l'avant de la voiture. Mais il s'entrava sur une grosse touffe d'herbe, trébucha et s'abattit sur le flanc. Une fois de plus gêné par son pistolet, il ne put amortir convenablement sa chute et s'affala lourdement sur le sol. La terre était molle et couverte d'une épaisse couche d'herbe, si bien qu'il ne se fit pas mal, sinon à l'amour-propre.

Le manouche avait assisté, interloqué, à la chute de son adversaire et il voulut reprendre sa course, mais une voiture de police, sirène hurlante et gyrophare crachant ses éclairs bleus les dépassa pour aller se garer entre la rivière et eux : la retraite du voyou était coupée et il comprit immédiatement qu'il n'avait plus qu'une action à tenter, hormis la reddition. Il sortit de son dos le petit revolver qui y était dissimulé et visa Blondin en criant « Laissez-moi partir ou bien je le bute ! » Le capitaine avait laissé échapper son arme de service, qui gisait dans l'herbe à deux mètres de sa main, hors d'atteinte. Deux collègues en tenue étaient descendus de la voiture sérigraphiée et visaient le manouche de leurs armes, mais ils ne pouvaient risquer la vie de leur supérieur en ouvrant le feu. Une autre voiture de police approchait et le voyou n'avait pas d'autre solution que la prise d'otage pour se sortir du mauvais pas où il se trouvait.

Blondin n'en menait pas large et il obéit aussitôt quand le voyou lui intima l'ordre, par un mouvement vertical de son arme, de se relever. C'est à ce moment-là qu'Amanda se décida à sortir de la caravane. Elle n'avait pas bougé jusque-là pour la bonne raison qu'elle était occupée à se rhabiller. Son ravisseur devait l'avoir au moins partiellement dévêtue, car en sortant de la caravane elle était bien mal fagotée, son pantalon était non boutonné et les pans du bas de son chemisier pendaient lamentablement et flottaient autour de ses hanches admirables. Son visage exprimait un masque de fureur indicible et elle avait pleuré. Elle était pieds nus et elle fonça en direction du manouche avec un air si colérique qu'un rhinocéros aurait eu peur.

Le voyou tenait Blondin en joue et guettait les policiers en tenue, mais il accorda aussi son attention à

Bourriquette qui arrivait droit sur lui. Il était beaucoup plus intelligent qu'un rhinocéros, mais il avait aussi un instinct largement moins développé, qui lui aurait suggéré de se méfier de cette femelle-là. Mais il était engoncé dans des années de machisme conquérant et ne percevait aucun danger, jamais, de la part des filles qu'il considérait au mieux comme une proie, au pire comme un objet. C'est pourquoi il la laissa s'approcher, amusé, se demandant s'il devait échanger son otage mâle contre une fliquette, qui aurait peut-être plus de valeur.

Amanda s'arrêta net à quelques mètres du voyou, ramassa le fusil à pompe qu'il avait jeté à terre, l'arma dans un geste rageur et le pointa en direction du voyageur. Ce dernier voulait dire quelque chose du genre « Hé, fais attention mignonne, ça part tout seul ces trucs-là ! », car il n'avait pas peur du tout, d'autant plus que le collègue de la blonde était aussi dans le champ de tir et si elle avait vraiment voulu le dégommer, elle aurait commencé par contourner le schmidt qui se trouvait entre elle et sa cible.

Blondin regardait fixement Amanda, qui visait un point situé juste derrière lui, la ligne de visée passait à quelques centimètres de son oreille gauche et il n'était pas rassuré, surtout face à ce drôle d'engin qui écartait autant les projectiles. Il n'était pas pile poil en face de la bouche du canon, mais ce n'en était pas loin et en cas de tir il allait déguster. Il regarda Amanda plus sérieusement, vit que son pantalon avait été récemment enfilé, que son chemisier avait été mal reboutonné et qu'elle avait l'air plus choquée que furieuse, il revint à ses yeux et vit dans son regard ce qui allait se passer dans la seconde suivante.

Le Capitaine ne peut s'empêcher de dire « Oh putain ! » tout en se jetant à terre sans plus se soucier du voyageur qui le menaçait et son saut précéda d'une demie seconde l'appui sur la queue de détente de l'index d'Amanda, qui ouvrait le feu sur sa cible. Le corps de l'Officier de Police toucha le sol au moment précis où le coup partait et aucun mouvement volontaire n'aurait pu obtenir un timing aussi parfait, c'était le résultat d'une bonne expérience du terrain et de la certitude que cela n'arrive pas qu'aux autres. En effet, la plupart des gens hésitent devant une action brutale ou rapide, car ils pensent que ça ne peut pas leur arriver à eux, que les drames sont réservés aux autres et souvent quand ils se rendent compte de leur erreur, c'est trop tard.

Blondin avait déjà vécu des situations de ce genre, il savait que la réalité dépasse souvent la fiction et que dans certaines circonstances, il ne faut pas hésiter. Entre le risque de paraître timoré ou ridicule et le risque de se faire transformer en fromage de gruyère par une collègue contrariée dans son planning de la journée, il n'hésita pas une seconde, ni même un quart de seconde, ce qui lui sauva la vie. Il avait lu la décision de tirer dans le regard d'Amanda : elle avait pesé en une fraction de seconde les avantages et les inconvénients de son action et elle avait laissé libre cours à sa colère et à sa soif de vengeance. C'est la mort du manouche que Blondin avait lu dans les yeux céruléens d'Amanda, si innocents d'habitude et maintenant voilés d'une faille profonde de tristesse et de honte qu'il faudrait beaucoup de temps pour effacer.

Le fusil aboya et tressauta violemment dans les mains de la jeune femme, alors que sa cible, encore hésitante sur la marche à suivre, s'apprêtait à railler sa victime pour détourner son attention tandis qu'il pointerait son arme sur elle. C'était son plan, qui en valait un autre et qu'il avait élaboré en un éclair dans son esprit vif, mais dénué des valeurs qui permettent aux êtres humains de cohabiter sans s'entre-tuer. Il n'eut pas le temps de mettre ce plan en pratique, car la volée de gros plombs, propulsés droit sur son visage, grêla sa face et pulvérisa son crâne, provoquant un décès instantané et sans remède possible.

Cette œuvre de salubrité publique accomplie, Amanda lâcha le fusil, sc retourna et se rendit tranquillement à la voiture de service qu'elle avait utilisée pour arriver à cet endroit, elle fouilla les poches de son jeans froissé et mal enfilé, en sortit les clefs de contact, monta dans le véhicule et partit au volant, laissant tous les protagonistes survivants sur place, hébétés et dubitatifs, tous se demandant bien quelle allait être la suite des événements.

Blondin fut le premier à réagir, il rejoignit le cadavre du manouche, qui tenait toujours son revolver à la main, et pressa la détente, faisant partir le coup dans le sol, approximativement à l'endroit où se trouvait Amanda quand elle avait tiré. Puis il déclara « Amanda a dégommé ce salaud en légitime défense, vous avez tous vu, non ? » Les quatre collègues présents acquiescèrent en silence et le Capitaine, sachant que les autres témoins potentiels étaient trop loin pour pouvoir décliner une version différente, se félicita d'avoir pris le risque de montrer qu'il soutenait Bourriquette, il avait ainsi emporté la décision.

Le fusil à pompe du voyou fut expertisé par la suite au cours de l'enquête et son étonnante capacité à écarter les projectiles s'expliqua par le fait que le canon était rayé. En effet, les armes de chasse qui tirent des cartouches à plombs sont toujours à canons lisses, les projectiles en sortent avec une trajectoire simple en direction de leur cible et la gerbe s'écarte lentement au fur et à mesure qu'elle s'éloigne de la bouche du canon dont elle est sortie. En revanche, les canons rayés produisent un effet centrifuge très marqué sur les projectiles, qui suivent les rayures hélicoïdales du canon et suivent donc une trajectoire non pas droite, mais hélicoïdale. La force centrifuge causée par cette trajectoire complexe ne peut s'exercer tant que les projectiles sont dans le canon, mais dès leur sortie cette force s'exprime en faisant s'écarter beaucoup plus vite les plombs les uns des autres : la gerbe est alors nettement plus large qu'avec un canon lisse. C'était un effet que Blondin ne connaissait pas et il en prit bonne note à toutes fins utiles.

Dans la caravane, on retrouva le pistolet de service d'Amanda, caché dans un tiroir fermé à clef, là où le propriétaire des lieux avait du le cacher après avoir neutralisé la fliquette. On retrouva aussi la petite culotte d'Amanda, ce qui confirma qu'elle avait probablement subi les derniers outrages, justifiant après coup son acte violent de vengeance immédiate. L'enquête, confiée aux gendarmes par défiance du Procureur de la République envers les services locaux de police, détermina ce qui était arrivé : Amanda avait suivi son suspect jusqu'à sa caravane. Il l'avait neutralisée, probablement en la frappant à la tête, l'avait désarmée, déshabillée et était en cours de viol quand Blondin était arrivé sur les lieux. Alors que le malfrat tentait de fuir et avait tiré en direction du Capitaine Blondin pour le tuer, Amanda Piochet avait tiré sur le voyou en légitime défense d'autrui.

L'affaire était claire et se termina par un non lieu, malgré une manifestation de voie publique organisée devant le Tribunal de Moulins par la famille élargie du défunt, qui niait toute agression sexuelle de la part de cette pauvre victime de la violence policière raciste envers les voyageurs. Amanda prit la peine de remercier Blondin du bout des lèvres quelques jours plus tard, après tout il lui avait évité la prison, mais elle en voulait encore trop à la race humaine en général et à sa composante masculine en particulier pour se laisser aller à une vraie reconnaissance ou à une quelconque émotion positive. Ce qu'elle avait subi l'avait tellement choquée qu'elle finit par céder aux injonctions de son médecin traitant et resta chez elle, profitant d'un arrêt maladie, qui était de quinze jours au début et s'étala finalement sur six mois.

Un beau jour, sans qu'Amanda n'ait reparu au Commissariat, le Bureau d'Ordre et d'Emploi reçut un courrier de démission que la Brigadière avait adressé au Secrétariat Général Pour l'Administration de la Police de Lyon, qui gère les effectifs de police et de gendarmerie pour la grande région Auvergne Rhônes-Alpes. Elle ne venait plus rendre visite à ses collègues depuis plusieurs semaines et quelques uns disaient qu'elle méditait de quitter la Grande Maison depuis l'affaire de la caravane. Elle quitta la région en même temps que la police et partit s'installer du côté de Toulouse, puis on cessa complètement d'avoir de ses nouvelles dans le Bourbonnais, où elle ne remit jamais ni les pieds ni le reste.

Certains de ses collègues, parmi ceux qui étaient les plus proches d'elle, affirmèrent qu'elle avait tenté plusieurs voies professionnelles successives dans les médecines parallèles, avec un manque de réussite dont la cause restait inconnue, jusqu'à ce qu'elle tente de se lancer dans la fabrication et la commercialisation de tisanes aux herbes bio, avec cette particularité qu'elle baptisait ses préparations de noms fantaisistes comme « bave de sorcière » ou « fluide de dragon ». Ces appellations faisaient toujours référence au monde de l'imaginaire médiéval fantastique et connut un grand succès, surtout auprès d'un frange aisée de la population, vu le prix auquel elle vendait ses préparations le contraire aurait été étonnant. Sa clientèle avait en fait besoin d'un peu de fantaisie et d'imaginaire pour échapper à la morosité de la vie de tous les jours.

Ces tisanes étaient par ailleurs excellentes, avec des goûts très marqués et indéfinissables, résultat de compositions originales jalousement gardées secrètes, à la fois par crainte de la concurrence, mais surtout par peur du ridicule et de la réaction de rejet des consommateurs qu'aurait entraîné la connaissance de ce qu'ils avalaient. En effet, Amanda avait eu l'idée de génie d'allier de beaux produits naturels et bios, des essences florales de rose ancienne, de lavande ou de romarin, avec des produits plus modernes comme la poudre de coca-cola, la fraise tagada ou de l'extrait de barbe à papa. Les mixtures ainsi obtenues avaient parfois bon goût et alliaient des saveurs inédites dont la composition était impossible à reconstituer.

Une fois réduites en poudre ou en infusion, ses créations pouvaient se parer des noms imaginaires dont elle les dotaient pour satisfaire les papilles et l'imagination des riches clientes à qui elle murmurait à l'oreille les bienfaits supposés de ses mixtures non homologuées par l'académie de pharmacie, mais qui avaient le mérite d'être inoffensives, sinon pour le portefeuille des naïves pratiques de la boutique de « potions magiques et philtres merveilleux » qu'Amanda avait pu équiper d'une décoration d'Halloween parfaitement dosée pour éviter le ridicule et susciter le petit frisson qui ferait ouvrir sa bourse au visiteur.

Reconvertie en sorcière d'opérette et d'arrière cuisine, Amanda refit sa vie et parvint à oublier sa mésaventure, elle était définitivement passée du côté de Lesbos sans plus aucun espoir de retour. Elle ne gardait aucune rancune à l'institution policière et avait même fini par comprendre quelle était sa responsabilité dans ce qui était arrivé, mais elle avait aussi fini par admettre qu'elle n'était pas faite pour ce métier et quand elle parvint à percer dans le commerce des potions et tisanes, elle n'eut plus aucun regret.

Entre temps, Blondin put obtenir une remplaçante pour Amanda et vit arriver dans son service une femme plus âgée, plus expérimentée aussi, qui effectuait parfaitement les tâches qu'on lui assignait, qui faisait correctement son travail d'Officier de Police Judiciaire et ne lui causait aucun souci, mais qui était moins attrayante physiquement qu'Amanda et qui possédait moins de fantaisie, mais après tout, on n'est pas là pour s'amuser n'est-ce-pas ?

En reprenant les vieux dossiers que la Brigadière Piochet avait commencé mais dont le traitement n'était pas terminé, le Capitaine relut le gros travail qu'elle avait effectué sur l'affaire des puits pollués à Yzeure et il dut admettre que la famille turque avait eu une attitude provocatrice, mais rien ne prouvait cependant que ses membres étaient à l'origine de la pollution. Blondin remarqua un petit morceau de papier qui traînait dans la pile de vieux papiers et il lut le numéro de plaque minéralogique qu'il avait relevé à la station service le jour où Amanda avait tué son premier voyou.

Depuis ces événements, il n'avait pas eu le temps d'identifier le véhicule et après quelques jours cette histoire lui était sortie de la tête. Par acquit de conscience, il composa le numéro d'immatriculation sur le Système d'Identification des Véhicules et ce logiciel lui apprit aussitôt le nom du propriétaire. Curieusement ce patronyme lui rappelait vaguement quelque chose et il se creusa un peu la cervelle, mais il ne put se remémorer où il avait lu ou entendu ce nom, qui semblait d'origine étrangère, pakistanais ou turc peut-être...

Un peu plus tard, l'Officier discutait avec son ami Michel Gripollini et les deux policiers parlaient des récentes émeutes urbaines survenues dans la banlieue de Grenoble. Son adjoint annonçait au Capitaine que le préfet de l'Isère venait d'interdire la vente à emporter d'essence, pour éviter tant que faire se pouvait les incendies volontaires et plus particulièrement la fabrication de cocktails molotovs. Blondin eut une parole de compassion pour les jardiniers qui ne pourraient pas alimenter pendant quelque temps leurs tondeuses à gazon ou leur tronçonneuses, ou même ceux qui possédaient un groupe électrogène : «

—Finalement cette mesure est destinée à gêner les voyous, mais je suis sûr qu'ils ont déjà des provisions de liquides inflammables et que les seuls qui vont être emmerdés, comme d'habitude, ce seront les honnêtes gens. Celui qui possèdc un groupc électrogène ou un vieux tracteur, ça va le gêner et ça n'empêchera aucun incendie.

—Pour les incendies, je n'en sais rien, mais pour les groupes électrogènes et les tracteurs, ils ne seront pas gênés puisque l'arrêté préfectoral ne vise que l'essence, pas le gazole.

—Et pourquoi ça ?

—Bof, le gazole ne sert que pour les gros équipements et il ne peut pas tellement être utilisé comme matière incendiaire, l'essence est bien plus efficace, mais de toutes façons les gamins se rabattent sur les produits pour barbecue ou bien siphonnent les réservoirs des véhicules. C'est dommage pour les jardiniers, mais c'est justement l'essence qui leur sert et pas le gazole.

—Ne dis pas ça, j'ai remarqué il y a quelques jours un type qui avait rempli un jerrycan avec du gazole, c'est bien qu'il en avait besoin.
—Tu parles, si ça se trouve c'était le pollueur de puits que recherchait Bourriquette. »

Au moment même où Gripollini prononçait ces paroles, Blondin revoyait en esprit l'attitude étrange de l'homme au jerrycan et il fonça dans son bureau, car il avait maintenant un doute sur l'endroit où il avait déjà lu le nom de ce type. Il reprit le dossier des puits pollués et put confirmer ses craintes : le nom de famille du propriétaire de la voiture dont il avait relevé le numéro d'immatriculation était le même que celui de la famille turque qui était soupçonnée par plusieurs victimes.

Blondin n'en revenait pas, les choses étaient donc si simples ? Il avait à la fois peur de céder à la facilité en fonçant interpeller le père de famille immigré et de passer à côté de quelque chose en le laissant en liberté. Mais il fallait bien qu'il prenne une décision, car il n'était pas aussi fort que certains hommes politiques qui peuvent faire ou dire les choses inverses à la suite. Un tel personnage aurait hurlé au complot islamiste en envoyant sans délai les forces de l'ordre interpeller la famille étrangère, laissant entendre une complicité en sous-main de l'état Turc. Il aurait embrayé sur un discours larmoyant rempli de bons sentiments, expliquant qu'il ne fallait surtout pas faire d'amalgame et qu'il s'agissait certainement d'une erreur policière, une enquête interne allait être diligentée pour punir sévèrement les vilains flics fascistes et racistes à l'origine de cette bavure.

Mais Blondin n'était ni Président de la République ni même ministre et il n'avait qu'une seule possibilité, une seule carte à jouer, il ne pouvait pas tricher comme les hauts personnages. Les faits semblaient désigner la famille Tamal, tout au moins certains indices semblaient assez graves et concordants pour placer les membres de cette famille en tête de la liste des suspects.

D'abord le contexte, qui pouvait avoir créé le mobile : cette famille avait été mal reçue par le voisinage, en partie par préjugé, mais également par certains abus du fils de la famille, qui invitait tard des amis, écoutait ensuite avec eux de la musique traditionnelle de son pays et avait été verbalisé deux fois pour tapage nocturne. Il n'avait pas été incorrect avec les policiers qui étaient intervenus et c'était un bon point pour lui, mais il avait déclaré qu'il se vengerait de « ces vieux cons qui ne supportent rien et qui sont racistes ».

Blondin voyait bien la scène en imagination : il faisait chaud, une voisine avait laissé la fenêtre entrouverte et la musique orientale un peu forte avait excédé madame. De peur de se frotter à ses inquiétants voisins, elle avait préféré appeler la police, qui était venue rapidement et n'avait pu que constater le tapage. Les agents étaient assez jeunes et compréhensifs et ils se seraient facilement contenté d'un avertissement sans verbaliser, mais un des participants à la petite fête avait lâché le mot qui blesse, « racisme », et les policiers, vexés de se faire traiter une fois de plus de ce qu'ils n'étaient pas, avaient appliqué la loi dans toute sa rigueur et avaient verbalisé.

Lors de la seconde intervention, le père avait tenté une médiation, mais il s'y était pris maladroitement en laissant entendre que la police n'avait vraiment pas grand chose à faire si elle avait le temps de s'occuper des tapages et des bêtises des jeunes. Là aussi, les agents, qui n'étaient pas les mêmes, avaient moyennement apprécié le sous-entendu et avaient verbalisé. Le fossé s'était ainsi creusé tout seul entre la Police et la famille Tamal, dont les membres s'étaient alors montrés méfiants et désagréables avec Amanda quand celle-ci était venue les interroger au sujet de la pollution des puits, présentant inconsciemment des visages de parfaits coupables.

Blondin avait senti tout cela à la lecture des procès-verbaux et il reconnut qu'Amanda avait effectué un excellent travail en cherchant à comprendre réellement ce qui s'était passé plutôt que de céder à des préjugés ou à une première impression, ce qui est trop souvent le cas dans les enquêtes de police. Elle avait su entendre les voisins et les victimes sans se laisser aller à trop d'empathie avec les propriétaires des puits, qui étaient pourtant pour la plupart des petits vieux sympathiques. Elle avait procédé à des constatations poussées et le Capitaine croyait lire le déroulement d'une enquête criminelle.

Bourriquette avait poussé le vice jusqu'à décrire chaque habitation et le jardin, positionnant chaque puits sur un plan extrait du cadastre informatisé. Elle avait aussi tenté d'identifier la source de la pollution en cherchant l'épicentre du phénomène et elle avait conclu que le terrain des Tamal était bien celui qui était au centre géographique des propriétés polluées. Il décida dès lors d'aller leur rendre visite. Mais ayant été rendu prudent par ses aventures précédentes, il ne commit pas l'erreur d'y aller seul, il sollicita donc Michel Gripollini pour l'accompagner. Il ne pensait pas réellement que la famille Tamal pouvait se montrer dangereuse, elle n'avait pas d'antécédents graves et à part les tapages du fils, tout semblait en ordre. Mais comme on dit « chat échaudé craint l'eau froide » et il ne tenait pas à se retrouver avec un poignard sous la gorge pour avoir fait preuve d'imprudence.

Il se rendit donc avec son collègue au domicile des Tamal, bien décidé à en avoir le cœur net et il se jura qu'il ne sortirait pas de chez eux sans avoir décidé une fois pour toutes s'ils étaient les pollueurs ou pas.

Les pollueurs d'Yzeure.

Dès son arrivée chez les Tamal, Blondin sut que certains membres de cette famille avaient des choses à se reprocher. Ainsi le père de famille et le fils aîné, celui qu'il avait remarqué avec son jerrycan à la station service, avaient le regard fuyant et traqué de la proie qui sent approcher son prédateur et tous les policiers perçoivent ce genre d'anxiété, comme les loups reniflent la peur des moutons, comme les requins détectent le sang du dauphin blessé ou comme le polyvalent hume le fumet de la fraude fraîche. En revanche la mère et l'unique fille de la famille semblaient effrayées par une telle visite et tremblaient presque de peur, mais à la manière des gens innocents qui n'ont peur de la police que par tradition, mais qui n'ont au fond pas grand-chose à se reprocher. Le fils cadet était absent du domicile, ce que Blondin négligea, car son but principal était de parler avec le père de famille, qu'il salua après s'être présenté. Il entama aussitôt le sujet qui lui tenait à cœur : «

—Monsieur Tamal, vous savez que certains de vos voisins vous accusent de polluer leurs puits.

—Oui, je suis au courant, ce sont des racistes. Nous sommes arrivés il y a moins d'un an et pourtant dès qu'il arrive un problème dans le quartier, c'est forcément de notre faute. Ils n'aiment pas les turcs, alors que nous n'avons rien fait de mal. Ils nous assimilent à Erdogan et sa politique, alors que justement nous avons fui la Turquie pour des raisons politiques, c'est injuste.

—Ne faites pas attention aux voisins. Moi je n'ai aucun préjugé envers vous et je me moque que vous soyez des amis de l'état Turc ou pas, ce que je veux, c'est résoudre cette histoire de pollution. Si je résume bien, tous les puits de vos voisins sont maintenant pollués, mais pas chez vous, c'est ça ?

—Si on veut, vu que nous n'avons pas de puits. Nous avons acheté la maison avec son terrain à notre voisin monsieur Rötzinger il y a onze mois. Il possédait sa maison, je veux dire celle qu'il habite avec son épouse et qu'il a gardé avec un lopin de terre, mais il nous a vendu cette maison, qui était inhabitée, avec tout le beau terrain autour. C'était intéressant, car nous l'avons acheté pour le même prix que la maison sans jardin. Il a fallu borner bien sûr, car c'était un ensemble qu'il a coupé en deux pour en vendre la moitié.

—Tiens ! C'est curieux ça ! Il possédait deux maisons sur un grand terrain ?

—Oui c'est ça.

—Et le puits est sur le morceau qu'il a gardé ?

—Non, il n'a pas de puits.

—C'est bien le seul dans le coin, tout le monde a un puits, pour l'arrosage du jardin. C'est d'autant plus curieux qu'il avait un grand terrain, il ne jardinait pas ?

—Non, le terrain est nu, il y a plus de trois mille mètres carrés, mais en pelouse ou en graviers, ni arbres ni plantations et monsieur Rötzinger n'entretenait pas de jardin. La maison était en fait un genre de magasin ou d'atelier, je crois qu'il était garagiste ou quelque chose comme ça, mais il est en retraite depuis longtemps. Il a aménagé le local professionnel en maison, puis nous sommes arrivés, j'avais lu son annonce et nous avons acheté cette maison. Mais je regrette un peu, car même si nous sommes bien ici, les voisins ne nous ont jamais acceptés. J'ai tenté quelques plantations, mais ça ne pousse pas bien et c'est vrai qu'il me faudrait un puits, vu le prix de l'eau du robinet. Pour être honnête le vendeur m'avait prévenu que la terre n'était pas bonne pour jardiner, une histoire de produits chimiques répandus et qui sont allés se mélanger à la terre, de l'huile de vidange, des trucs comme ça. En revanche le quartier est bien calme.

—Il était calme. Votre fils fait trop de bruit, ça dérange le voisinage. Et puis il faut du temps dans le Bourbonnais pour être accepté, vous venez d'où ?

—Nous étions en région parisienne, je suis maintenant en retraite et j'ai voulu installer ma famille à la campagne pour vivre tranquille, c'est réussi ! Je vous assure que nous ne sommes pour rien dans cette histoire de pollution de puits. Tout ce que je voudrais, c'est me fondre dans le paysage et j'ai l'impression d'avoir tout raté.

—Je compatis, mais je dois quand même vous poser encore quelques questions. Il y a quelques jours vous avez acheté du gazole dans une station service alors que votre voiture est une automobile à essence, comment l'expliquez-vous ?

—Je n'ai pas acheté de gazole dans une station service, je ne sais pas d'où vous tenez cette information, mais elle est fausse.

—Vous avez raison, ce n'est pas vous. Alors je pose cette question à votre fils aîné, Mohammad je crois ?

—Oui c'est ça. Moi non plus je n'ai pas acheté de gazole, je n'ai pas de voiture. J'ai le permis de conduire et je conduis parfois la voiture de papa, mais c'est tout.

—Vous me jurez que vous n'avez pas acheté de gazole à la station service d'Avermes, gazole que vous avez emporté dans un jerrycan ?

—Ah, si, j'ai été chercher du gazole pour un copain qui était en panne, il m'avait donné de l'argent et j'ai payé en espèces.

—Voilà une réponse convaincante et qui me convaincra encore mieux si vous me donnez le nom de ce copain et son numéro de téléphone.

—Le nom je veux bien, mais pourquoi le numéro de téléphone ?

—Parce que je vais l'appeler tout de suite pour qu'il me confirme votre histoire. Je n'ai pas envie que vous l'appeliez pour accorder vos violons aussitôt que je serai sorti d'ici.

—Okay, voici son numéro, c'est monsieur Hervé Durand, c'est un français, mais c'est un gars bien quand même.

—Je l'appelle tout de suite. »

Le Capitaine appela monsieur Durand, qui était un jeune très connu de la police dans l'agglomération moulinoise, mais il n'en dit pas un mot au père du jeune Mohammad Tamal, car Hervé Durand était surtout connu pour être un homosexuel revendicatif, transsexuel en cours de métamorphose pour devenir femme et qui se targuait de ne fréquenter que des homosexuels. Son activisme dans ce domaine et son intolérance lui avait valu quelques ennuis avec la police et la justice, mais il avait également été victime à plusieurs reprises de faits en lien avec son activité revendicative. Il était une vedette sur Moulins, roi ou reine de la nuit en boîte et très extravagant, pas du tout le genre de garçon ou de fille que le père Tamal souhaitait que son fils fréquente, même si le retraité semblait quelqu'un d'ouvert et tolérant.

Le jeune Durand confirma le service que son ami Mohammad lui avait rendu en le dépannant en gazole et Blondin le remercia, comprenant que l'inquiétude du jeune Tamal à la station service venait du fait qu'il rendait service à un personnage controversé et qu'il avait peur de subir des questions qui l'amènerait à dévoiler son amitié avec le transsexuel, ce genre d'amitié pouvant d'ailleurs facilement dériver vers une relation plus sérieuse. Le Capitaine comprit aussi que l'aîné des fils Tamal était très inquiet en le voyant se tortiller comme un ver sur sa chaise et il se douta que les particularités d'Hervé Durand n'était pas connue de son père. Mohammad était probablement homosexuel et ne l'avait pas encore dit à ses parents, voilà le secret que cachait le jeune homme.

Cette révélation excluait l'hypothèse de l'action terroriste d'un extrémiste religieux, car si le père Tamal était visiblement musulman pratiquant, il ne semblait pas non plus islamiste. Amanda Piochet avait écrit en marge d'un procès-verbal « islamiste ? A l'air mal à l'aise d'être interrogé par une femme ! » Mais c'était le malaise que pouvait ressentir tout étranger face à la police de son pays d'accueil, dans un contexte d'attentats terroristes où la communauté musulmane était régulièrement montrée du doigt. Monsieur Tamal avait accepté d'être interrogé par Amanda, ce que tout islamiste aurait carrément refusé. Le secret du jeune Mohammad l'excluait de fait de toute tentation d'extrémisme religieux, car pour un islamiste les homosexuels encouraient la peine de mort. La famille Tamal était donc innocente des soupçons stupides qui la visaient et plus aucun élément n'indiquait qu'elle pouvait être à l'origine de la pollution.

Blondin décida d'aller rendre visite au voisin qui leur avait vendu le terrain et la maison, monsieur Rötzinger, car il trouvait bizarre ce vieux monsieur qui n'avait pas de jardin à l'inverse de tout le voisinage. Peut-être que cet original en saurait plus, d'autant plus qu'il n'avait pas été interrogé par Amanda puisqu'il n'avait pas déposé plainte.

Le vieil homme qui ouvrit était ratatiné et cassé par l'âge, rendu bossu sous le poids des années. Les deux policiers se présentèrent et expliquèrent le motif de leur visite. Monsieur Rötzinger vivait avec sa femme, qui était bien malade et restait alitée, il s'en excusa auprès de ses visiteurs : «

—Mon épouse ne descendra pas de sa chambre, elle va de mal en pis et n'a plus de force, je suis désolé messieurs.

—Ce n'est pas grave monsieur Rötzinger, nous venons de parler à vos voisins les Tamal, ils nous ont dit que vous leur aviez vendu leur maison.

—Oui, c'est vrai, l'année dernière. En fait, ce n'est pas la maison proprement dite, mais l'atelier de mon père que je leur ai vendu. Quand mon père est mort, j'ai pris sa succession à la tête de l'entreprise et nous avons emménagé dans la maison, car ma mère était déjà décédée. Quand j'ai enfin pris ma retraite, il y a une vingtaine d'années, j'ai fait aménager l'atelier en maison d'habitation, car je voulais que mon fils vienne habiter à côté de chez nous. Mais ce corniaud n'a jamais voulu, il s'est entiché d'une greluche auvergnate et il est parti sur Clermont-Ferrand. Il m'avait déjà déçu en refusant de reprendre mon entreprise, mais il ne vient jamais nous voir et nous sommes fâchés définitivement je crois. Du coup, j'ai décidé de vendre la partie atelier avec le terrain, car je n'ai plus la force de l'entretenir. Et puis je vais dépenser l'argent dans une belle résidence en maison de retraite pour nous deux, j'espère bien qu'il n'héritera de rien ce beurdin.[23] Avec sa treue[24], ils nous ont bien déçu croyez -moi.

—C'était quoi votre entreprise ?

—Vente de fuel domestique et réparations automobiles. Bon, sur la fin, je ne réparais plus grand-chose, avec toute l'électronique qu'ils mettent dans les voitures maintenant, je ne pouvais pas suivre, il aurait fallu acheter des machines électroniques, des ordinateurs et apprendre à s'en servir. Ce n'était plus de mon âge, j'ai préféré prendre ma retraite. Du jour au lendemain j'ai

---

[23] Le beurdin est un idiot en patois bourbonnais, peut se dire également beurdignot.

[24] Treue veut dire truie, en patois bourbonnais ce terme désigne une femme de mauvaise vie, assez vicieuse pour avoir beaucoup d'amants et assez bête pour le faire gratuitement. (ce qui aggrave son cas)

tout arrêté. J'ai fait enlever les pompes, répandre du gravier sur leur emplacement et j'ai fait transformer l'atelier en maison. Mais ma femme ne peut plus rester ici, elle n'a plus la force de faire son ménage, elle ne me fait plus à manger, elle peine à se lever, bref, nous allons partir bientôt en maison de retraite, j'ai presque fait mon choix.

—Bien, bien. Juste un détail : pourquoi vous étiez le seul retraité du coin à ne pas jardiner ?

—Je n'en avais pas le goût et puis je vais vous dire, après un siècle de vente de fuel, le sol est trop pollué pour y faire pousser quelque chose. Je sais bien que Tamal a essayé mais il devrait faire apporter de la bonne terre s'il veut faire pousser quelque chose sur son terrain.

—Vous ne lui avez pas dit que le terrain était pollué ?

—Si bien sûr, mais il n'a pas écouté, avec le prix que je lui faisais, il a quasiment eu le terrain gratuit, alors il n'a pas été trop regardant. C'est son problème maintenant.

—Et les cuves, elles ont été enlevées dites-moi ?

—Les cuves à fuel ? Non elles sont toujours là, sous le terrain de Tamal, je les ai fait recouvrir de terre et de graviers, je vous l'ai dit tout à l'heure.

—Elles avaient été dépolluées avant ?

—Je ne me suis pas emmerdé avec ça. C'est des cuves en acier, elles ont été installées juste après la guerre quand mon père s'est installé. A l'époque on fabriquait costaud, elles sont toujours là, vous pouvez me croire.

—Oh ! Je vous crois. Elles ont été installées dans les années quarante alors ? Vous savez que ça fait plus de quatre-vingts ans, elles ont du rouiller quand même.

—Pas dans les années quarante, je vous ai dit après la guerre, la grande guerre, les cuves ont été enterrées en vingt je crois et elles n'ont pas revu le jour depuis.

—Un siècle sous terre ! Il y avait encore du fuel dedans ?

—Non, je n'allais pas gâcher du bon fuel quand même ! J'ai pompé ce qu'il restait. Bien sûr, il reste toujours un peu de boue au dessous de la grille de décantation, puisqu'on ne peut pas pomper en dessous.

—Et c'est quoi les grilles de décantation ?

—Au fond de chaque cuve il y a une grille qui empêche qu'on aille pomper le fond, car ce fond est composé de boue, d'impuretés et de fuel pourri qui endommagerait les chaudières, en bouchant les gicleurs par exemple. Il reste donc toujours un fond dans chaque cuve, même vidée.

—Et ça fait combien de fuel ?

—Pourquoi ? Vous voulez aller le chercher ? On ne peut rien en faire vous savez. Il doit rester trois ou quatre hectos par cuve, au maximum.

—C'est quoi un hecto ?

—Un hectolitre bien sûr, vous êtes pas allé à l'école ou quoi ?

—Il y a combien de cuve là-dessous ?

—Il y a quatre cuves principales, plus les deux petites cuves pour les produits spéciaux ou de qualité supérieure, avec des additifs vous savez.

—Donc on a sous la terre, dans des cuves vieille d'un siècle, un mètre cube de vieux fuel pourri, c'est ça ?

— Et alors, qu'est-ce que ça peut bien faire ?

—Rien monsieur Rötzinger, ne vous inquiétez pas. Et pour votre fils, ne vous tracassez plus, je crois qu'il n'héritera effectivement pas de grand chose. »

Les deux policiers avaient compris l'origine de la pollution des puits du quartier. Heureusement que les riverains avaient donné l'alerte, car il était maintenant à craindre une pollution plus importante, qui pourrait s'étendre jusqu'à la nappe phréatique et menacer les ressources en eau potable de toute la ville. Le Capitaine rédigea dès son retour au Commissariat un long rapport explicatif, avec un exemplaire pour le préfet, qui devait saisir le conseil départemental, garant des ressources hydrologiques, ainsi que la mairie d'Yzeure, directement concernée par la santé de ses administrés. Le Procureur de la République était le deuxième destinataire et le Commissaire le troisième.

En signant le rapport qui mettait un point final à l'enquête des puits pollués chère à Bourriquette, Blondin eut une pensée pour Amanda Piochet, qui avait eu raison de s'obstiner et qui aurait certainement fini par trouver le fin mot de l'histoire.

Cela ne changeait pas son opinion profonde, qui était qu'Amanda n'était pas faite pour la police, car elle faisait preuve à la fois d'une trop grande sensibilité et d'une trop dangereuse naïveté, faisant finalement confiance aux mauvaises personnes, parfois par peur de les vexer ou de les discriminer injustement. La police est un métier dur, où il faut parfois faire appel aux pires sentiments humains et toujours voir le mal partout, ce dont Amanda n'était pas capable.

De fil en aiguille, il repensa aussi à Bubulle, qui avait aussi quitté la Grande Maison. Lui aussi était une erreur de casting, pour des raisons différentes. Il ne supportait pas l'injustice et accordait trop d'importance aux conséquences des actions policières, il ne pouvait donc pas rester au sein d'un institution où l'injustice est monnaie courante et serait presque une règle de management. Dans la police, il ne fallait surtout pas redouter les conséquences sur autrui de ses actions professionnelles, sinon on ne ferait plus rien.

Deux personnages aussi dissemblables que Bubulle et Bourriquette et deux erreurs de casting aussi flagrantes, c'est assez rare dans un Commissariat et le Capitaine en vint à se demander si lui aussi était bien à sa place, surtout avec tous les déboires que ses dernières années lui avaient apportés. Il conclut de justesse qu'il avait encore sa place derrière son bureau et signa avec un grognement le rapport qui allait coûter tout son argent au vieux Rötzinger et probablement faire s'écrouler ses projets de maison de retraite luxueuse.